Lore Lehmann

Trolle im Burgwald

Teil eins und Teil zwei

Märchen-Geschichten um einen Troll, den es von
Norwegen in den Burgwald verschlug.

Herstellung: Books an Demand GmbH

Lehmann, Lore

Trolle im Burgwald

Teil eins und Teil zwei

2002 Verlag Lore Lehmann

35099 Burgwald

Tel.:   06451/713808

Fax :   06451/718349

ISBN 3-8311-3729-3

Gestaltung Lore Lehmann

Inhaltsverzeichnis

Wissenswertes über Trolle (trollus-trollius)

Kobolde gab es bisher nur in Norwegen. Sie leben dort in kleinen Gruppen oder ganzen Gesellschaften in den Wäldern verborgen und treiben viel Schabernack mit den Wanderern oder Waldarbeitern. Es gibt riesenhafte und ganz kleine Trolle. Egal welcher Gattung sie angehören, sie haben die gleichen Merkmale, drei Finger an der Hand und einen Daumen, vier Zehen an den Füßen und eine rauhe, ledrige Haut mit reichlich Haarbewuchs. Sie haben ein wenig spezialisiertes Gebiss mit zwei Fangzähnen und sind Sohlengänger, die Hände benutzen sie als Greiforgane. Trotz ihrer großen Knollennase und abstehenden, nach oben spitz zulaufenden Ohren strahlen sie mit ihren kugelrunden, freundlichen Augen Liebenswürdigkeit aus. Selbst in der Dunkelheit sieht man den Glanz ihres Blickes. Alle Trolle kommen mit einem dünnen Schwanz auf die Erde, nur einige von ihnen trennen sich auf nicht erklärbare, eigene Art und Weise.

Trolle sind immer gutmütig, selbst wenn man sie reizt bemühen sie sich, gelassen zu sein. Doch sollten sie einmal zornig werden, wird es sehr schwer, sie wieder zu beruhigen. Man hat jedoch schon lange nichts mehr derartiges von ihnen gehört.

Weiter weiß man, dass Trolle weder dumm wie Kühe sind, noch nach dem Frühstück ein Nickerchen von einigen tausend Jahren machen. Auch erstarren sie in der Sonne nicht zu Stein. Sicher ist jedoch, sie werden mehrere hundert Jahre alt und haben sich dadurch ein großes Wissen um die Dinge des Lebens angeeignet. Ihre Seele ist tiefgründig, ja fast magisch. Jogger, Radfahrer und Touristen zwingen sie, sich in die tiefsten Wälder zurück zu ziehen. Stille Wanderer und Naturfreunde jedoch können auf eine Begegnung hoffen, die sie dann in ihrem Herzen vergraben und selten davon erzählen. Doch sie werden glückliche Momente erleben!

Einleitung

Auf einer Reise durch Norwegen begegneten mir das erste Mal die seltsamen Waldgeister des Landes hoch im Norden von Europa, die Trolle. Ich war so fasziniert, dass ich mir nichts sehnlicher wünschte, als diese auch in „meinem Burgwald" zu entdecken. Schließlich sind unsere Wälder dicht und dunkel genug, so dass sich auch Trolle gut verbergen können. Auch das Klima stimmt, es gibt durchaus hier die bei Waldgeistern so beliebten Nachtfröste im August und vor Überraschungen des Wetters ist man wahrlich nicht sicher. Dies ist eine der Voraussetzungen für ein glückliches Koboldleben.

Auf einem meiner Streifzüge durch den Burgwald ruhte ich mich auf einem Baumstamm aus. Ich wollte einen Apfel essen, da sah ich einen wunderschönen Goldlaufkäfer im Laub zu meinen Füssen. Meinen Apfel legte ich zur Seite und griff vorsichtig nach dem Käfer. Ich hielt ihn in die Sonne und freute mich an seinem Glanz. Dann setzte ich ihn wieder ins Laub und entschuldigte mich ob der Störung bei ihm. Als ich meinen Apfel nehmen wollte, war dieser weg. Ich fand ihn einige Meter weit entfernt im Gras. Verwundert nahm ich ihn hoch und sah mich um. Wer hatte mir wohl einen Streich gespielt? Vernahm ich da ein Kichern? Schatten huschten hin und her. Kleine Stöckchen bewegten sich. Laub wurde wie von Geisterhand hoch geworfen. Ich horchte in den Wind. Hörte ich leise Stimmen? Ja, es wisperte und kicherte leise. Mein Herz klopfte vor Freude. Es gibt Trolle im Burgwald! Ich bin sicher, ich werde sie immer wieder treffen und davon erzählen.

Mittlerweile weiß ich, dass die Burgwälder Trolle sich in Südler und Nordler aufteilen. Die Trolle aus dem Norden sind rundlicher, kleiner und vom Wesen her etwas schwermütig veranlagt. Die Trolle aus dem Süden haben lange, dünne Gliedmaßen, sind von insgesamt hagerem Wuchs. Im Wesen sind sie lustiger, ja leichtfertiger. Insgesamt gleicht sich dies aber auf eine glückliche Art und Weise aus.

Ich liebe sie alle.

Ein trolliges Weihnachtsmärchen

Trolle leben in Norwegen glücklich und zufrieden. Doch, wenn sie all die fremden Menschen sehen, die in ihrer Heimat Urlaub machen, wollen sie wissen, wo diese zu Hause sind.

So ging es auch Oboe. Ihn packte plötzlich das Fernweh. Er suchte sich einen Wohnwagen mit Menschen darin, die sich in fremder Sprache unterhielten. Dort legte er sich im Bettkasten zur Ruhe. Oboe war ein kleiner Troll und hatte die Eigenschaft, sich unsichtbar machen zu können. Seine Sinne waren sehr gut ausgebildet und er lernte fremde Sprachen sehr schnell. So fand er sich überall zurecht. Oboe landete in Deutschland, genauer gesagt in einem Dorf am Rande des Burgwaldes. „Glück gehabt," sagte Oboe," ich rieche Wald!" Zunächst aber blieb er im Wohnwagen, erst viel später, als die Menschen schliefen, schlich er sich ins Haus. Er untersuchte alle Räume, Schränke und Kästen. Er sah den Menschen bei ihrem täglichen Einerlei zu und stellte fest, dass „zu seiner

Familie Vater, Mutter, Tochter, Sohn und ein Hund gehörten. Einmal saß er auf dem Tisch und aß von den Beeren die dort standen. Er träumte vor sich hin, als die Mutter herein kam. Zum Verschwinden blieb keine Zeit und so machte er sich >ruck-zuck < unsichtbar. Nun muss aber jemand drei mal Troll sagen, wenn dieser wieder sichtbar werden soll. Es stand schlecht für Oboe, Unsichtbare können sich nicht vom Fleck rühren. So saß er nun auf dem Tisch und hörte und sah alles und konnte nur von dem essen, an das er gerade so hinlangen konnte. Er hörte, dass bald Weihnachten sei und im Wohnzimmer der Baum geschmückt und die Krippe aufgebaut würde. Er sah die Mutter Plätzchen backen und die Kinder bastelten und malten. Geschenke wurden eingepackt und weggetragen. Er hörte Weihnachtslieder und Gedichte. Die beglückende Vorfreude der Menschen übertrug sich auch auf ihn. Kerzen brannten an einem Kranz mit Schleifen und er saß direkt in der Mitte, immer noch unsichtbar. Doch auch wenn er einen warmen Platz hatte mitten im Adventskranz und satt war, wurde er immer trauriger und weinte. Alle Vorbereitungen deuteten darauf hin, dass das Fest im Wohnzimmer statt fand und er saß ja in der Essecke der Küche! Warum sagte denn niemand: „Troll?"

Einen Tag vor Heiligabend, die Kinder sollten zu Bett gehen, gehorchten diese nicht und bastelten weiter. Mutter wurde ungeduldig und sagte: „Trollt euch ins Bett." Die Kinder gingen nicht. „ Trollt euch," wiederholte die Mutter. Die Kinder rührten sich immer noch nicht. Da wurde die Mutter ärgerlich und rief etwas lauter: „Trollt ihr euch jetzt?" Da knackte es im Kranz und der Troll reckte sich und klatschte in die Hände. „Ich bin erlöst", rief er, „ ich kann zur Krippe und zum Baum." „Ich kann Weihnachten feiern!" Er tanzte aus dem Kranz heraus und quer über den Tisch und sang alle Weihnachtslieder, die er je hörte. Mutter hatte sich vor Schreck auf einen Stuhl fallen lassen, den Kindern standen vor Staunen die Münder offen und der Vater stand in der Tür und fragte: „Was ist denn das für ein Tamagotschi?" „Das ist ein Troll", sagten die Kinder", unser erstes Weihnachtsgeschenk." Oboe war still und fing an zu weinen. „Ich bin kein Geschenk. Ich bin aus Norwegen." Er erzählte seine Geschichte, alle hörten still zu. Als er am Schluss sagte, dass er gern im Wohnzimmer Weihnachten erleben wolle, sagten die

Kinder „Ja, das kannst du sicher und du sollst auch ein Geschenk bekommen. Aber richtig Weihnachten, das gibt es nur in der Kirche. Da nehmen wir dich mit und wenn die Orgel spielt, siehst du die Engel fliegen. „Ja," lachte die Mutter," so ist es. Aber erst, wenn im Herzen die Lichter angehen, ist auch in dir das Kind geboren. Dann ist wirklich Weihnachten und du siehst die Engel fliegen."

Der Troll reißt aus

Oboe, unser Troll hatte tatsächlich Weihnachten in der Kirche beim Orgelspiel, die Engel gesehen. Oder war es das Licht der Kerzen und das Schattenspiel an den Wänden und der Decke? Das selige Vergnügen die Krippe zu sehen hatte seine Sinne berauscht und so den Wunsch Wirklichkeit werden lassen. Er jedenfalls war sich sicher, er hatte die Engel gesehen.

Die Freude über das Weihnachtsfest festigte in ihm den Glauben, die Menschen seien gut und immer fröhlich.

Doch welch ein böses Erwachen! Bald nach Weihnachten erlebte er Streit unter den Kindern und Erwachsenen um nichtige Dinge. Er hörte von der Not und dem Hunger in der Welt durch den Schaukasten im Wohnzimmer, in dem es manchmal laut knallte, und dann lagen tote Menschen in ihrem Blut. Oboe wurde stumm und traurig. Dann kam das Heimweh mit Macht über ihn und er glaubte, daran vergehen zu müssen. Er weinte viel in seine

Kisschen und Fellchen, mit denen sein Körbchen liebevoll ausgestattet war. Mutter meinte eines Tages," Es ist Sonntag und schönes Wetter, wir gehen in den Wald und nehmen Oboe mit, damit sein Herz getröstet wird." Gesagt, getan. Der Troll bestand darauf, seine Fellchen mitnehmen zu wollen, er hatte nämlich einen Plan. So schnürte er sie auf seinen Rücken.

Die Familie ging den Krappenweg hinauf bis an den Braunsteich. Oboe wollte immer wieder davon springen, doch die Kinder hielten ihn fest. Am Braunsteich jedoch geschah es dann, dass er sich befreien konnte und husch-husch im Unterholz verschwand. All dass Rufen und Locken half nichts, er kam nicht zurück. Die Eltern drängten nach Hause und trösteten die Kinder." Für den Troll ist es hier im Wald besser. Er wäre an all dem Leid der Menschen zugrunde gegangen. Hier ist eher sein zu Hause. Vielleicht findet er ja seinesgleichen."

Die Kinder aber jammerten und weinten," nun erfährt er nichts von Ostern und wird sicher frieren."

„Kinder, meinte die Mutter, es ist gut, dass ihm das erspart bleibt. Schon wieder Geschenke und Friede, Freude, Eierkuchen!" dass hätte er doch nicht verkraftet." „Richtig," meinte der Vater, „ und wir kennen das von Kindesbeinen an.

Währenddessen saß der Troll unter einer dicken Baumwurzel und fühlte die feuchte Erde an seinen Händen und Füßen. Er dachte daran, dass er nun dem Schlaf und Erwachen, dem Sterben und Auferstehen ganz nah war und fürchtete sich nicht, er war sicher, alles wird wieder grün.

Ein Troll geht auf Wanderschaft

Oboe hatte nur eine kurze Zeit geschlafen. Als ihn die ersten wärmenden Sonnenstrahlen berührten, wurde er gleich wach. Er wusste genau, dass die Sonne seiner Haut schaden würde. Unter seiner Wurzel hatte er Schutz gehabt, doch die Frühlingsstrahlen huschten auch in den verborgensten Winkel. Er rekelte sich und dehnte seine Glieder. Dabei merkte er, dass er im Schlaf gewachsen war. Sein Hosenfell passte nicht mehr und konnte ihm nur noch als Schulterschutz dienen. Er nahm seine Schlafdecke und nützte sie als Hosenersatz. Er wusste, dass er sich auf den Weg machen und neue Kleidung besorgen müsste. Auch brauchte er Nahrung und vor allem sehnte er sich nach Gesellschaft. Er ordnete seinen Schlafplatz um nichts Verdächtiges zurück zu lassen und kletterte einen Hang hinauf. Dort sah er sich um und entdeckte frisches Grün. Seine Freude war groß ob des erwachenden Frühlings. Kleine, zarte Knospen schmeckten herrlich. Das frische Gras ließ sich auch gut zum Salat herrichten. Da würde er nicht verderben, das spürte Oboe. Doch bevor er sich daran machte, sein Leben zu ordnen, kniete er sich erst hin und nahm eine Hand voll Erde und führte sie an die Stirn und an den Mund. So fühlte er und schmeckte sie. Das war seine Art, seinem Schöpfer zu danken. Noch ein Gruß an die Sonne und alle Gestirne, den Wind und den Regen und alle guten Geister und er konnte wieder an sich denken. Satt und wissbegierig was ihn wohl erwarten würde, machte er sich nun auf den Weg.

Er wendete sich nach Süden. Der Weg war oft beschwerlich und der Boden noch feucht. Oftmals verfing sich seine spärliche Kleidung im Dornengestrüpp. Die Sonne verschwand am Horizont und Abendnebel kroch durchs Unterholz. Oboe ließ sich nicht beirren oder gar entmutigen. Eine innere Stimme sagte ihm, dass er richtig entschieden habe und er sich in einer guten Gegend. Als er sich auf eine Anhöhe herauf gearbeitet hatte, sah er in der Abenddämmerung im Tal die Lichter einer kleinen Stadt. Menschen, dachte er, da bleibe ich weg. Er wollte nicht wieder gezwungen sein, sich unsichtbar machen zu müssen. Die Nacht brach schnell herein, aber das hinderte ihn nicht, weiter zu gehen. Trolle sehen sehr gut und ermüden auch nicht schnell. Doch da, was war das? Stimmen drangen durch die nächtliche Stille. Oboe ging weiter und sah dann ein kleines Licht und es war ihm plötzlich so warm und vertraut. Er befand sich mitten in einer Trollgesellschaft! Mit viel „Hallo" und großer Freude wurde er begrüßt. Trolle kennen sich untereinander, auch wenn sie sich noch nie gesehen haben. So brauchte auch niemand fragen," wie heißt du?" Jeder wusste vom anderen alles. Man nahm den neuen Gesellen als Bruder auf und ließ ihn mit allem mithalten. Bald legten sie sich alle zusammen unter einer großen Baumwurzel und daneben befindlichen Höhle schlafen. Die Freude, nicht mehr allein zu sein und das Nachtmahl machten Oboe müde und selig schlief er an der Seite seiner Schwestern und Brüder ein.

Trolle schlafen nicht immer nachts, sondern wenn sie müde sind oder es die Situation verlangt. Wenn zum Beispiel die Sonne scheint, fürchten sie um ihre Haut. Dann kriechen sie unter das Laub oder Wurzeln und schlafen einen leichten Schlaf. So können sie sich einer veränderten Lage schnell anpassen. Da an diesem Tag die Sonne nicht so hell schien, wachten sie schon nach kurzer Zeit auf. Das gab nun ein großes „Hallo" ob des neuen Bruders aus dem fernen Norwegen. Alle fragten Oboe nach den Dingen, die ihnen fremd waren und Oboe wusste kaum, wie er antworten sollte. Zuviel auf einmal drang auf ihn ein. Da erhob sich ein Troll mit sehr altem Gesicht und etwas größerer Statur als alle anderen. Er brummelte in seinen Bart: „Dürfte ich mal um etwas Ruhe bitten?" Die Gesellschaft war sofort still und alle setzten sich ins Laub. "Unsere Vorräte an Gewirktem, Federn und Fellen sind aufgebraucht. Wir horten zwar nie die Dinge die wir brauchen, doch für heute und morgen sollten wir immer dabei haben. So müssen wir auch jetzt planen, wie jeder von uns seinen Beitrag leisten will," sprach der Alte mit tiefer Stimme. Er wurde von allen sehr geachtet, da er die Weisheit von mehreren hundert Jahren Leben hatte. Nun berieten sie, wohin man sich wenden wolle. Sie kamen überein, nach Süden zu gehen, da sie auf den Franzosenwiesen im Mai das Nebelfest feiern wollten. So machten sich nun in kleinen Grüppchen auf den Weg, alle mit der Freude im Herzen auf das anstehende Fest.

Oboe hatte sich entschlossen, mit dem Alten zu gehen. Nicht zuletzt auch, weil zur gleichen Gruppe ein herziges Weibchen gehörte, das ihn magisch anzog. Sie war fröhlich und hatte helle Augen. Viola war ihr Name. Sie merkte von der Zuneigung Oboe's sofort, er gefiel ihr auch. So wanderten sie gemeinsam und sie erklärte ihm die Gegend, damit er sich, wenn er allein sei, zurecht fände." Man weiß ja nie, was noch passiert," war eine ihrer ständigen Redensarten. Damit rechtfertigte sie viele ihrer Entscheidungen.

Als man die kleine Stadt, die Oboe schon am Tag zuvor gesehen hatte im Tal erblickte, sagte ihm Viola, dies sei Rosenthal. Oh wie fand er das Städtchen so schön. Sehnsüchtig schaute er hinab. Viola zupfte ihn am Arm: "Komm, in Menschenorte gehen wir nicht. Der Alte mag es nicht. Es reicht, wenn die Menschen zu uns kommen. Hier auf dem Frankenberger Kopf kannst du einen Blick wagen, aber dann sollten wir dem Alten folgen".

Sie sammelten unterwegs zarte Buchenrindestückchen, schöne Federn und aßen vom frischen Grün. Hin und wieder fanden sie auch noch vertrocknete Hagebutten. Diese kauten sie weich und gaben auch denen davon, die keine hatten. Sie waren immer in lustige Spiele vertieft und lachten viel. Einmal sahen sie einen Mann auf einem Trecker mit Wagen. Er hatte Holz geladen und schwitzte sehr. Ein besonders kleiner Troll mit Namen Flöte sprang ihm übermütig in den Nacken und blies ihm ins Ohr. „Gottsverdammich, "sagte der Mann, „gibt es denn schon Mücken?" Flöte sprang unter dem Gejohle der anderen herunter. Er tanzte herum und kicherte. Der Mann schaute sich um und knurrte vor sich hin: "Ei sind dann Geister unter- wegs?" Wenn der wüsste?!

Der Alte war verschwunden im Gehölz. Viola roch an den Ästchen am Boden und horchte in den Wind. Sie wusste plötzlich wohin er wollte. Er schlug die Richtung zu den Totenköpfen ein. Oboe folgte ihr und auch die Anderen gingen zielstrebig weiter. Sie fanden wieder alle zusammen auf einem schönen moosigen Platz und legten ihre Schätze aus. Ein Teil der Trolle begann die Rindenstückchen mit ihren Füssen zu bearbeiten. Später lösten andere Faserstreifen ab und verwebten diese zu stoffähnlichen Geweben. Aus Federn ließen sich Hüte und Westen fertigen und es gab sogar Fellchen für Wämschen. Bald lagen alle froh beieinander und aßen die Samen von Fichtenzapfen und Haselnusskerne, die eigentlich den Eichhörnchen gehörten, denn die hatten sie als Wintervorrat versteckt. Der Alte war nachdenklich und sprach dann: "Morgen gehen wir mal vorsichtig zur Straße und schauen, ob wir ein Stück Fleisch erwischen." Oboe wusste nicht, wie das gehen sollte, aber er war still und fragte nicht. Viola spürte seine Unwissenheit und nahm seine Hand und streichelte sie. „Alles hat seine Zeit, "ließ sie sich vernehmen. Dann legte sie sich hin und zog ihn an ihre Seite. „ Lass uns ruhen und uns gegenseitig wärmen." Alle waren still und schliefen ein und der Alte gab ihnen seinen Segen.

Unterwegs

Wenn Trolle herumziehen, verlieren sie Zeit und Raum, aber niemals ihr Ziel. Weil nun der Alte sich vorgenommen hatte, Fleisch zu besorgen, wanderte er zurück um an eine Strasse zu kommen, die von vielen Autos befahren wurde. Diese Strasse führte durch einen dichten Wald immer geradeaus. Hier fuhren die Autos besonders schnell und das kostete manchem Tier das Leben. Viola erklärte dies unterwegs Oboe. Den erfasste ein leichtes Grausen, denn so etwas kannte er aus seiner Heimat nicht. Er wusste auch nicht wie Fleisch schmeckte und es verlangte ihn danach nicht. Aber der Alte freute sich schon, dies merkte man an seinem schnellen Schritt. .Bald waren sie nahe der Strasse und sie setzten sich ins Gras. Nur der Alte blieb stehen und reckte die Nase in den Wind, so als schnüffelte er. Wie lange sie so saßen und warteten, war nicht zu sagen, da den Trollen ja das Zeitgefühl fehlt. Weil sie sich langweilten, fingen sie allerlei Schabernack an. Oboe kitzelte Viola mit Gräsern und diese haschte nach seiner Hand. Dabei überkugelten sich beide und lagen sich lachend in den Armen. Plötzlich schlugen ihre kleinen Herzen den gleichen Takt und sahen sich an und wussten, sie lieben sich. Da macht ein Troll nicht viel Worte, er nimmt die Liebste in den Arm und hält sie ganz fest. Sie reiben ihre Nasen aneinander und geloben sich, immer füreinander da zu sein. Der Alte hatte alles gesehen und lächelte, es gefiel ihm, wie sich die Dinge entwickelten. Plötzlich quietschten ein paar Reifen und ein Auto hielt kurz an, fuhr aber schnell wieder weiter. Die Trolle folgten ihrem Alten ein wenig am Straßenrand entlang. Da lag ein angefahrener Hase. Er lebte noch und der Alte ging hin und legte seine Hand unter den Hasenkopf. Mit der anderen Hand streichelte er dem Tier liebevoll über die Augen und murmelte ein paar beruhigende Worte dazu. Der Hase streckte seine Pfoten von sich und war tot. Nun ging alles sehr schnell. Nachdem der Alte einen Segen für das Tier gesprochen hatte, trennte er mit einer Glasscherbe das Fell auf und entnahm dem Körper ein Stück Fleisch. Er band es sich auf den Rücken und sagte: „Dies ist genug und nun kommt."

Die Gesellschaft sprang nun fröhlich in den Wald zurück und Oboe und Viola gingen am Schluss. Was Wunder, dass sie etwas zurück blieben; denn schließlich waren sie frisch verliebt und einander versprochen. Die Anderen sprangen hier hin und dort hinüber. Sie freuten sich über die ersten Schmetterlinge und versuchten Sonnenstrahlen zu fangen.

.Als sie eine Gruppe Wanderer bei der Rast auf Baumstämmen sitzen sahen, legten sie sich auf die Lauer um zu sehen, wie sie einen Schabernack mit ihnen treiben könnten. So stahlen sie ausgewickelte Brote oder warfen Messer vom Stamm. Flöte war besonders übermütig und sprang gegen einen abgestellten Kaffeebecher. Er fiel ins Gras und sein Inhalt war für den Menschen verloren. Aber Flöte leckte schnell etwas davon auf und fand ihn nicht besonders schmackhaft. Doch den Beifall der anderen Trolle hatte er. Die Menschen wunderten sich schon über ihr reichliches Missgeschick, wie sie dachten und packten ihre Sachen ein.

Auch die Trolle gingen weiter. Sie hatten es nicht so sehr eilig und wanderten nicht nach Plan. Sie wollten ja den Wald erkunden ob denn noch alles war wie sie es in Erinnerung hatten. So kamen sie am Schönelsberger Kopf vorbei und gingen durch herrliche Wälder mit Laub- und Nadelbäumen. Sie hörten die Vögel singen und den aufgeregten Eichelhäher schimpfen. Sie freuten sich an der Natur und lebten mit ihren Gesetzen. Das bedeutete für sie, niemals einem Lebewesen ein Leid oder der Natur Schaden zufügen zu wollen. Weder Leichtfertigkeit noch nicht wissen sind dabei zu entschuldigen. Jeder Troll weiß, dass er ein Teil des Ganzen und diesem verpflichtet ist, es gilt zu erhalten und zu pflegen.

Nach geraumer Zeit kam die Gesellschaft zum Wasserberg. Da sie sich unterwegs immer mal getrennt hatten und verschiedene Wege einschlugen, dauerte es eine Weile, bis alle zusammen gekommen waren. Oboe und Viola kamen als Letzte an. Das wunderte niemand, hatten sich die zwei doch so viel zu sagen! Auch jungverliebte Trolle sind gern allein.

Der Alte hatte schon das Fleisch in die Erde eingegraben. Als Oboe sich darüber wunderte, belehrte ihn ein älteres Trollweib, dass man Fleisch nicht frisch esse und es im Wald nicht braten könne, weil man wegen der Brandtgefahr kein Feuer mache. Sie wackelte dabei mit dem Kopf seltsam hin und her. „ Eine Marotte ist das von ihr," sagte Viola," „ aber wir können viel von ihr lernen, sie ist schon einige hundert Jahre alt."

Alle Trolle waren müde und suchten sich ein Plätzchen unter einer Wurzel um zu schlafen. Oboe suchte trockene Fichtennadeln und hatte unterwegs schon ein paar Federn gesammelt. Damit polsterte er Violas Schlafplatz aus und legte sich neben sie. Viola summte ihm ein zärtliches Lied in sein Ohr und glückselig schliefen sie ein.

Heimweh

Das Wetter war kühl und regnerisch. Die Trolle krochen enger zusammen. Auch Viola und Oboe krochen noch enger zusammen. "Ich kann nicht schlafen," flüsterte Oboe. „ Woran denkst du," fragte Viola, „denkst du an Norwegen?" „Ja, ich glaube ich habe Heimweh. Würdest du mir in meine Heimat folgen?" „Ja, aber was wäre anders, nur dass dann ich Heimweh hätte." Beide sagten eine Weile nichts und hingen ihren Gedanken nach. Viola strich ihrem Liebsten sanft über das Gesicht und bat: „Erzähle mir von deiner Heimat. " Oboe legte sich auf den Rücken und schaute nach oben um ein Stück Himmel zu sehen und flüsterte: „Da gibt es nicht viel zu erzählen. Eigentlich ist alles so wie hier und doch ganz anders. Die Wälder hier sind fast schöner. Das Laub der Buchen und ihre silbrigen Stämme, die so riesig sind, dass man ihre Wipfel vom Boden aus kaum sehen kann - oh das ist schon sehr beeindruckend. In Norwegen ist der Winter zu lang um solch schöne Bäume werden zu lassen. Doch sonst sind die Wälder genauso schön, etwas dichter vielleicht und größer. Und die Nächte sind heller und die Sterne sind näher und, und, und das Wasser ist schneller und reiner." Oboe geriet ins Schwärmen. Er wendete sich Viola zu, gab ihr einen Nasenstüber und sagte leise: „Aber hier bist du." Nun waren beide richtig wach und da sie die anderen nicht stören wollten, rollten sie etwas zur Seite und Oboe begann eine Geschichte zu erzählen, die er vor langer Zeit einmal gehört hatte. Diese Geschichte handelte von einem Mann aus Hamburg, der auf der Suche nach seinem verlorenen Glück war.

Hans H. stellte seinen Rucksack in die Ecke seiner Hütty weit oben in Norwegen, abseits tief im Wald. Er hatte dabei das Gefühl, alle Last des Lebens mit in die Ecke gestellt zu haben. Er sah sich um. Die Hütte war gut, aber nicht komfortabel eingerichtet. Das Bett war für zwei Personen groß genug und so war auch alles andere in etwa für zwei da. Vor dem Kamin, in dem das Feuer schon brannte, standen zwei Sesselstühle und daneben lag reichlich trockenes Holz. Sein Hütty-Wirt hatte ihn mit dem motorisierten Bobschlitten in Narwik abgeholt und hier her gebracht in die Einsamkeit. Es sei für alles gesorgt, hatte er gesagt und ansonsten gäbe es auf dem Campingplatz noch einiges.

Ja, es war alles da. Der Vorratsraum lag neben dem Wohn-Schlaf-Raum und der war so kühl wie ein Kühlschrank. Die Sauna, ein paar Schritte weit weg, war heiß. Na, prima. Dann mal los dachte Hans und zog sich aus. Heißer, wabernder Dampf schlug ihm entgegen. Ersetzte sich auf die Bank und ließ die Seele baumeln. Er dachte an Elise, seine Frau und seine beiden Kinder. Er hatte sie einfach so verlassen, weil sein Verlangen nach Ruhe und Alleinsein übermächtig wurde. Er kannte sich in Norwegen einigermaßen aus. In seiner Jugend und später in den ersten Ehejahren war er hier viel unterwegs mit Freunden und Elise.

Nach der Sauna und Abkühlung im Schnee wickelte er sich in Decken und hockte sich vor den Kamin. Er legte neue Scheite auf und nahm sich einen Whisky. Später versorgte er sich mit Schinken und Brot und Tee. Er machte das Radio an. Weihnachtliche Klänge drangen an sein Ohr. O, ja, es war Weihnachten. Doch davor war er ja geflüchtet. .Dieses Glockengebimmel und Weihnachtsgedudel !

! Menschen in den Straßen, Päckchen beladen! Und zu Hause erst, > überall Gold und Silber und Kerzen und Engel.< Die Krippe von den Eltern in der Ecke, oh nein, das alles hatte er satt. Er machte das Radio wieder aus. Morgen würde er wandern und lesen und arbeiten. Er schlief ein.

Hans war stolz, ein nüchterner, klar denkender Mensch zu sein, weit ab von jeder Gefühlsduselei. Er träume nie, behauptete er immer.

Doch in dieser Nacht geschah etwas Seltsames mit ihm. Er wurde von allerlei Wispern und Kichern wach. Da zupfte etwas an ihm herum. „Menschlein", rief eine Stimme," wach auf und schau ins Leben." Er öffnete die Augen und sah einen Troll, runzelig und mit wüsten Haaren und Bart. Er war rot gekleidet und sah eigentlich aus wie ein wildgewordener, kleiner Weihnachtsmann. Hans rief erstaunt: "Was willst du und wer bist du?" „Ha, ha, wer ich bin, was ich will, hört ihr?" Der Wichtel machte eine Armbewegung zum Raum hin und da saßen sie -fünf oder sieben oder sechs - kleine und große Trolle sprangen wild durcheinander. Der erste Troll zeigte auf eine rothaarige Trollin mit einem kleidähnlichen Gewand: „Meine Trolline." Dabei verneigte er sich. „Und die anderen sind unsere Trollönchen." Plötzlich waren alle ganz still; denn der Troll hatte den Finger gehoben. „Was ich will?" „Also, ich will dir das Leben zeigen, hör mir zu und schau in den Spiegel." Hans tat es und mit rasender Geschwindigkeit, aber einprägsam und unvergesslich, liefen Bilder aus der ganzen Welt durch den Spiegel. Und immer waren da traurige Kinderaugen, gequälte Kinder von Hunger und Durst gezeichnet. Sie froren und waren krank. „Genug, genug," schrie Hans, „ich will das nicht sehen, ich kann es ohnehin nicht ändern.",Genug, meinst du, ja, es ist genug Not in dieser Welt, da hast du recht, doch auch du kannst etwas ändern. Anfangen zu helfen, das solltest du jetzt. Du hast mehr als genug von allem und läufst vor deinem Wohlstand davon." „Aber ich kann alle Not dieser Welt nicht auslöschen," wiederholte sich Hans. „Nein, das kannst du nicht, aber anfangen kannst du damit. Sprich mit deiner Frau und den Kindern, wie ihr helfen könnt. Es geht schon, wenn man will." „Ich habe meine Frau verlassen." Traurig schaute der Troll ihn an. "Wie kann man nur?" Er nahm Trollinchen an die Hand und alle Trollönchen fassten sich an und so verschwanden sie durch das Schlüsselloch.

Hans dachte nach. War es ein Traum oder Wirklichkeit? Er hörte Glockengeläut und stand auf. Er zog sich warm an und ging nach draußen. Er nahm den Motorschlitten, der zum Haus gehörte und fuhr los. Eigentlich ohne Ziel. Das Glockenläuten wurde lauter und bald sah er einen hellen Schein. Eine runde Holzkirche stand auf einem kleinen Hügel. Aus ihr drang das Licht. Aus allen Richtungen kamen Menschen, zu Fuß oder mit dem Schlitten wie Hans. Seit meiner Trauung war ich nicht mehr in der Kirche, dachte er, ich wollte doch allein sein. Trotzdem betrat er das wohlig-warme Gotteshaus. Alle Besucher zogen ihre Mäntel im Vorraum aus und im Hauptraum begann der Gottesdienst. Hans verstand nicht viel und hörte auch nicht hin. Er dachte an das, was ihm der Troll gesagt hatte und glaubte nun fast an seine Existenz. Da sprach der Pfarrer plötzlich deutsch und sagte, er wisse, dass Deutsche anwesend seien und so wolle man ein deutsches Weihnachtslied singen „Oh du fröhliche, oh du selige, gnadenbringende Weihnachtszeit. Welt ging verloren, Christ ist geboren. Freue dich, freue dich oh Christenheit." Neben ihm eine helle Frauenstimme, eine Hand in seiner Hand! Elise hatte ihn gefunden. Sei Herz schlug schneller. Sie lächelten einander an. Hans wollte schnell mit Elise den Kirchenraum verlassen. Doch sie ließ es nicht zu und so warteten sie das Ende ab.

Draußen vor der Kirche sahen sie einander an und wussten jeder vom anderen, was er fühlte. „Wir müssen darüber reden," sagte Elise und Hans antwortete: „Und anfangen etwas zu tun." Fragend schaute sie ihn an „zu helfen, die Not der Kinder in der Welt zu lindern." Elise nickte zustimmend.

Viola war sehr still geworden und atmete kaum. Oboe dachte darum, sie schliefe und drehte sich zur Seite und weinte. Der Troll aus dem Norden war nämlich sein Vater und er war eines der Trollönchen gewesen. Das war lange schon her und doch tat es ihm noch weh. Da legte sich eine zärtliche Hand auf seine Tränen und eine liebe Stimme sagte ihm: >"Alles hat seine Zeit." <

Auf zum großen Fest

Nachdem sich Oboe etwas gesammelt hatte, standen er und seine Freundin auf und suchten sich Wasser und Nahrung .Sie fanden schnell was sie brauchten und wurden bald von der Gesellschaft umringt. „Der Alte möchte mit euch reden," plapperten alle durcheinander. Sie gingen zu ihm und er nahm ihre Hände und sagte: „Ihr seid wohl versprochen. Das ist gut so. Oboe, du hast dich aus Neugier entschlossen hier her zu kommen. Du musst wissen, dass man Entscheidungen nicht trifft um sie gleich wieder zu verwerfen. Zum Glück hast du nun Viola an deiner Seite. Nun nimm dein neues Leben an und lebe mit uns als unser Bruder. Sei herzlich willkommen." Nach dieser Rede gab es für keinen mehr eine Frage zum Verbleiben von Oboe und seiner Liebe zu Viola. Sie waren nun ein Paar mit des Alten Segen. Der nun rief alle zur Ordnung und mahnte zum Aufbruch: „Wir haben noch genug Zeit um zum Ziel zu kommen. Aber wir müssen auf der Strecke noch Speise und Honig sammeln. Ich weiß auch zu genau, wie gern ihr Schabernack treibt, dabei geht immer Zeit und Aufmerksamkeit verloren. " Nach des Alten Ermahnungen sammelten sie ihre Habseligkeiten ein und wanderten langsam los. Wieder ging alles durcheinander. Es sah aus als hätten sie keinen Plan. Doch jeder wusste wohin es ging und wann man dort sein musste. An den Wald angeschmiegt lag ein kleines Dorf. Sie gingen daran vorbei ohne sich ihm zu sehr zu nähern. Doch sie mussten durch Wiesen mit hohem Gras laufen und hatten bald alle nasse Füße. Aber sie fanden hier Klee und einige Kräuter. Es begegneten ihnen Radfahrer und es war ihnen nach einem Schabernack. Klar, dass es wieder Flöte war, der es nicht lassen konnte. Blitzschnell nahm er einen Stock und warf ihn dem letzten Fahrer in die Speichen. Dieser stürzte und lag mitten in einer Pfütze. Er rief den anderen zu: „Warum kichert ihr denn so blöd, wenn ich hier liege?" Der Gestürzte schaute ärgerlich zu seinen Freunden auf. „Keiner von uns hat gelacht oder so. Komm, wir helfen dir. Hast du dir weh getan," sagten diese fragend?" Nein halb so schlimm." Viola zupfte Flöte an den Ohren und meinte: „Das hätte auch schlimm ausgehen können."

Da lachte Flöte und sagte: „Schau mal hier, was ich habe." Er hielt eine Tüte Kekse in die Höhe: „Die hat er verloren." Das ältere Trollweib mit dem Wackelkopf drohte mit der Hand und man sah, dass diese Sache nicht ihren Beifall fand.

Das Wetter war jetzt schön. Die Sonne schien und es wurde wärmer. Die Trolle sprangen fröhlich herum und versuchten die ersten Schmetterling zu jagen. Auch schauten sie nach den ersten Käfern und stellten fest, dass es in diesem Jahr etwas mehr gab als sonst um diese Zeit. „Die Menschen lernen doch etwas hinzu. Sie lassen die Waldränder wieder leben. Da hat so manches Kräutlein oder Tier wieder eine Möglichkeit zum Werden," murmelte die Alte.

Manchmal setzten sich die Trolle auch hin und erzählten sich lustige Geschichten. Sie neckten einander oder spielten und sangen. Das waren gar grauselige Töne für Menschenohren und manch ein einsamer Wanderer schaute sich ängstlich um. Das führte natürlich zu neuen Lachanfällen der Trolle. Es gab aber auch welche, die glaubten an die Stimmen des Waldes, wie sie es nannten. Man hat ja bisher nichts von Trollen im Burgwald gewusst. Die warfen dann den Kopf in den Nacken und sangen selbst ein

Lied. Viele Wanderer aber waren so vertieft in die Betrachtung des wunderschönen Waldes und der Täler und Höhen, dass sie sich auch manchmal still hinsetzten und Andacht hielten. Da hörten sie dass Trollkrakeel nicht. Die Trolle warteten dann ab, ob der Mensch vielleicht noch essen werde. Das war fast immer so und da ging es ans Stibitzen und Schabernacken. Doch manchmal vergaß der Mensch etwas von seinen Speisen aus seinem Rucksack. Und so bekamen auch die schüchternen etwas ab.

Irgendwann erreichten die Trolle die Gegend um den Hohehardt. Es war nun nicht mehr allzu weit bis zur Franzosenwiese. Der Alte war schon da und sah ihnen erwartungsvoll entgegen. „Habt ihr Honig gefunden?" Gott sei Dank waren nicht alle nur auf Schabernack aus und hatten einiges gesammelt. Honig war auch dabei. Die beiden Alten begutachteten alles und bestimmten, was damit gemacht werden solle.

Es ist nun so, dass die Trolle sich ernähren, wie es die Umstände gerade erfordern. Oder was es gerade gibt. Auf der Wanderschaft wird von der Hand in den Mund gelebt. Das bedeutet, sie essen fast alles roh. Doch nun nahte das große Fest, an dem auch andere Trolle aus dem Süden teilnahmen. Hier nun wurde richtig gekocht und dafür brauchte man eine Feuerstelle. Natürlich auch trockenes Holz. Der Alte teilte nun ein, wer für was zuständig wäre. So waren alle erst mal beschäftigt. Viola fragte Oboe, ob er denn schon jemals ein richtiges Gericht gegessen hätte. Oboe nickte und meinte, dass er auch Rezepte aus seiner Heimat wisse. Doch die seien fast alle mit Fisch herzustellen. Als nun alle Arbeit getan war, setzten sie sich zusammen und berieten über die Kochrezepte. So werden hier nun einige aufgeführt, die der Mensch auch vertragen sollte.

BRRRJAMSCHNORK(Kartoffelsuppe)

150g geräucherten (Bären)-Schinkenspeck

3oog gehackter Hirsch

2oog Erdknollen

150g Möhren

100g Zwiebeln 1,5l Fleischsud

2kleine Löffel Öl

1kleiner Löffel Stärke

1Bund Schnittlauch, Salz, Pfeffer, Muskatnuss

Zutaten, die man nicht findet werden in Menschenbehausungen çestiebitzt!

Den Speck in Streifen schneiden und mit einem kleinen Löffel Öl anbraten. Die Zwiebeln pellen und würfeln. Zum Speck in die Pfanne geben und glasig Dünsten. Danach beiseite stellen.

Die Erdknollen und Möhren waschen und schälen. Danach grob raspeln und in den Kessel über der Feuerstelle geben. Den Sud hinzugießen und 8 Min. sacht kochen lassen. Inzwischen das Hackfleisch mit Salz und Pfeffer würzen und zu kleinen Klumpen formen. Diese mit 1kleinen Löffel voll Öl bei milder Hitze anbraten. Beiseite stellen. Die Stärke mit wenig kaltem Quellwasser anrühren und unter die Suppe rühren. Nochmals ein dickes Bund Reisig ins Feuer werfen und die Suppe richtig aufkochen lassen. Mit Salz, Pfeffer und Muskat nach Trollart- und Geschmack würzen. Den Schnittlauch in Röllchen schneiden und zusammen mit der Speck-Zwiebelmischung und den Hackfleischklumpen in die Suppe rühren.

Shmmtz gmok!(Guten Appetit)

PLMSCH GNULUK(Überbackener Blumenkohl)
300g gehacktes Rehfleisch (oder was sonst so gerade gefangen wurde)

200g Ziegenkäse

3 ganz junge Zwiebeln mit Lauch

2bis3 kleine Löffel zerquetschte Tomaten200ml Fleischsud

Salz, Pfeffer, etwas abgezupfte Kerbel

Den Blumenkohl waschen und in kleine Röschen zerteilen. In dem Kessel über der Feuerstelle in klarem QELLWASSER MIT EIN WENIG Salz bissfest kochen.

Das Hackfleisch in der großen Pfanne mit dem Öl krümelig anbraten, mit Salz und Pfeffer würzen. Die jungen Zwiebeln und den Lauch waschen und putzen, in kleine Ringe schneiden und zusammen mit dem Fleisch in der Pfanne kurz andünsten. Die zerquetschten Tomaten dazu geben und anschwitzen. Dann den Sud über das Hackfleisch gießen.

Einen mittleren Bund Eschenreisig auf/s Feuer werfen und die Hackfleischsauce kurz aufkochen lassen. Mit Salz und Pfeffer abschmecken und dann in den feuerfesten Trog füllen, gleichmäßig auf dem Boden verteilen und die Blumenkohlstücke darauf verteilen. Den Ziegenkäse in Streifen schneiden und über den Blumenkohl legen. Den feuerfesten Trog in die Mitte des Backofens schieben und den Blumenkohl 5Min. überbacken, bis der Käse zerlaufen ist und eine goldbraune Kruste bildet.

Kurz bevor die hungrigen Trolle am Tisch sitzen, mit den Kerbelblättchen garnieren.

Shmmtz gmok!(Guten Appetit!)

Alle Rezepte für vier Trolle.

Es wurden noch einige Rezepte besprochen, doch zumeist fehlten unbedingt notwendige Zutaten. Immer wieder wurde gefragt, wofür der Honig sei ,ob der wohl für eine Nachspeise dienen solle? Der Alte drehte und wendete sich, bis er zuletzt dann doch mit der Wahrheit heraus rückte. Er wolle Met machen, der aber nur für mindestens 150Jahre alte Trolle sei. Das gefiel einigen nicht so recht und wenn sie das gewusst hätten, wären sie beim Sammeln weniger eifrig gewesen. Nun, das war dem Alten aber sehr egal. Er nahm die Honigvorräte und verschwand damit im Dickicht, nicht ohne vorher drohend zu warnen: „Wehe es folgt mir einer."

Die Trollgesellschaft legte sich zur Ruhe und einige erzählten oder sangen leise. Oboe suchte Klee und Sauerampfer und presste ihn aus. Dem Saft fügte er etwas Honig hinzu und dann ging er seitwärts und baute eine kleine Feuerstelle. In einem kleinen Topf kochte er den Saft so lange ein, bis er daraus kleine Klümpchen formen konnte. Die wickelte er in Wegerichblätter und steckte sie in seinen Vorratsbeutel. Als er zurück kam, saß Viola bei der Alten und tat sehr beschäftigt. Bald kam sie zu ihm zurück, es war ein helles Leuchten in ihren Augen. Er nahm sie in den Arm und fragte leise: „Was macht dich so froh?" „Liebster," flüsterte sie, „habe Geduld. Am Nebelfest wirst du eine große Freude haben." Er lächelte, beide legten sich in eine kleine Höhle, die mit Moos weich ausgepolstert war. Selige Verliebtheit umhüllte sie und die Freude auf das Fest ließ auch die anderen fröhlich zur Ruhe kommen.

Das Nebelfest

Die Trollgesellschaft machte einen ziemlich ungeordneten Eindruck, als der Alte zurück kam. Er hatte zwei Flaschen Met hergestellt und wollte nun so schnell als möglich aufbrechen. Er rief darum alle zusammen und teilte die Arbeit auf. Oboe und Viola sollten früher aufbrechen und die Feuerstelle herrichten. Sie nahmen also ihr Bündel und machten sich auf den Weg. Der Alte zupfte Oboe am Ärmel und zeigte fragend auf den kleinen Blattbeutel in seiner Hosentasche. „Hast du Honig beiseite geschafft?" Oboe errötete: „Für Viola eine Liebesgabe." Der Alte lächelte: „Schon gut, du sollst nur wissen, dass mir nichts entgeht."

Die beiden gingen los. Unterwegs sammelten sie schon ein wenig trockenes Reisig. An den Franzosenwiesen angekommen, suchten sie einen guten Platz für die Gesellschaft. Sie legten ihre Bündel und Vorräte in eine Bodenmulde und deckten alles mit Laub zu. Dann machten sie sich an die

Feuerstelle. Zuerst suchten sie nach flachen Steinen und legten damit eine ebene Wiesenfläche aus. Danach bauten sie aus frischen , etwas dickeren Zweigen eine Vorrichtung, an die man einen Topf hängen konnte oder auch einen Spieß befestigen. Nun sammelten sie fleißig trockene Reisigbündel und sortierten diese fein säuberlich nach ihrer Art, so dass sich kein Erlenholz unter dem Birkenreisig oder Weide unter Fichtenholz befand. Nach getaner Arbeit setzten sie sich an den Waldesrand. Viola bat ihn, ihr eine Geschichte zu erzählen. Oboe verspürte überhaupt keine Lust dazu, aber was macht ein Troll nicht alles, wenn er verliebt ist! So begann er:

In den nordischen Wäldern leben und koboltieren die Trolle. Sie sind eine gar lustige Gesellschaft und narren gern einsame Wanderer. Eines Tages jedoch saß ein trauriger Troll auf einem Baumstumpf und grübelte. Dabei rieb er sich immerzu über die Stirn und Augen. Eine vorbeihuschende Elfe sah das und setzte sich zu ihm. „Hast du Sorgen?" „Sorgen, ha, was sind Sorgen. Probleme habe ich, die ich nicht gelöst kriege." „Erzähle, vielleicht können wir zusammen eine Lösung finden.." „Ich glaube kaum, aber was soll es, allein komme ich ja auch nicht weiter," sagte der Troll und drehte dabei ein Säckchen in seiner Hand hin und her. Die Elfe spürte, dass in dem Säckchen sein Problem lag und fragte: „Was hast du darin?" „Einen Edelstein, einen Bernstein und etwas Gold." Nun begann er zu erzählen und dabei wippte sein Körper vor und zurück. Seine Augen füllten sich mit Tränen.

„Ich habe eine Trollin zur Lebensfreude und sie hat mir auch kleine Trollönchen geboren. Wir haben eine kleine Hütte und leben ganz gut miteinander. Als ich ihr vor kurzer Zeit den Inhalt meines Beutels zeigte, erfreute sie sich am Glanz des edlen Gutes. Doch nun will sie, dass ich ihr ein Geschmeide machen lasse und sie sagt, sie brauche nicht alles davon, nur wenig Gold und die Hälfte des Bernsteins. Aber wie viel bleibt dann mir? Und das Gold bekam ich vom Vater, es gehört mir. Dabei klopfte er mit der linken Hand vor seine Brust. „Sorgen hast du, l achte die Elfe. Es bleibt dir doch, sie trägt es an ihrem Hals und sein Glanz erfreut dein Auge. Er schüttelte den Kopf und schaute immer noch unglücklich drein. „Du musst es ja doch eines Tages zurück lassen, wenn dich der große Alte ruft." Nach einer Weile schaute der Troll die Elfe an und meinte: „Du hast Recht. Es wird mir eine große Freude sein, den Schmuck an ihrem Hals zu sehen. Und später wird mein Töchterchen ihn tragen. Das ist die Lösung, so haben wir beide was davon." Der Troll bedankte sich und purzelte vom Baumstamm und verschwand behände im Unterholz.

Viola hatte aufmerksam zugehört. „Du erzählst wunderbare Geschichten. Ich glaube, sie werden so oder ähnlich überall auf der Welt erzählt. Nur die Lehre daraus zu ziehen fällt immer so schwer." Da holte Oboe seine Liebesgabe heraus und gab sie ihr. Sie freute sich ungemein und lachte ihn an: "Willst du wissen, was ich für eine Überraschung für dich habe?" Erwartungsvoll sah er sie an „.Wir bekommen ein Trollönchen !" Oboe sprang auf und hüpfte vor Freude herum und sang dabei: „Wir bekommen ein Trollönchen."

Plötzlich ertönte hinter ihnen im Dickicht ein fröhlicher Jubelchor: „Hurra, wir bekommen ein Trollönchen." Die Gesellschaft war angekommen und hatte die Verliebten belauscht und so auch die Geschichte mitgehört. Der Alte legte seinen Arm um die Schulter von Oboe und murmelte ihm ins Ohr:

"Du bist uns allen sehr recht, wir können uns glücklich schätzen, dass eine gute Fügung dich zu uns führte. Die große Macht im Himmel und auf Erden hat uns reich beschenkt." Mit dem letzten Satz meinte er auch die bevorstehende Geburt des Trollkindes; denn den bei den Trollen werden nur wenig Kinder geboren. Eigentlich immer nur, wenn sich einer von dieser Welt verabschiedet. Doch Trolle werden ja bekanntlich mehrere hundert Jahre alt.

Kaum hatte man unter allgemeinem Lob die Vorbereitungen für das Fest begutachtet, hörte man schon die Gesellschaft aus dem Süden ankommen. Sie riefen laut nach ihren Brüdern aus der Nordregion und als man sich fand, wurde erst mal das Begrüßungsritual abgehalten. Dabei sagt man sich, wie sehr man jeden Einzelnen vermisst habe und wie froh, ihn nun gesund wieder zu treffen. Die Nasen werden aneinander gerieben und man hält sich an beiden Händen. Das Alles dauert eine Weile. Danach aber geht es sofort an die letzten Vorbereitungen für das Fest. Der Alte aus dem Norden stellte nun aber erst noch Oboe dem Alten aus dem Süden vor und berichtete alles über den neuen Bruder; denn auch die Gesellschaft aus dem

Süden sollte wissen, wie gut es war, ihn hier zu haben. Auch dass ein Trollönchen unterwegs sei, verschwieg man nicht. So konnte die Stimmung nichts mehr trüben und es wurde bald gekocht und gebraten, was man gesammelt und „organisiert" hatte. Die beiden Alten saßen abseits und genossen den Met in kleinen Schlucken.

Als alle das außerordentlich gute Mahl zu sich genommen hatten, setzten sich die Trolle in kleinen Gruppen zusammen, tranken Tauwasser vom Christenberg, dass die Südler mitgebracht hatten und waren glücklich.

Am Abend, die Sonne war schon untergegangen, stiegen die Nebel aus den Wiesen. Es wurden gar wunderliche Instrumente heraus geholt und es begann eine Tanzmusik der besonderen Art. Dazu wurde gesungen und auf gar seltsame Art getanzt. Mal fassten sich drei oder mehr an die Hand und hüpften auf einem Bein wie wild herum. Es wurde gelacht und gegrölt. Plötzlich waren sehr feine Stimmen zu hören und die Nebel zerrissen ein wenig. Wie Schmetterlinge schwebten Elfen herbei und tanzten federleicht durch den Nebel. Mit zarter Stimme sangen sie ihre Melodien. Sie gaben nur ein kurzes Gastspiel und verschwanden wieder im Dunkel. Mit ihrem Erscheinen wollten sie anzeigen, dass auch sie hier lebten und die Trolle erinnern, nicht gar zu wild zu sein, um keinen Käfer oder sonstiges Getier zu schädigen. Das Fest ging weiter und dauerte bis in den frühen Morgen, bis die Nebel sich senkten.

Die Feiern gingen noch einige Nächte weiter. Immer, wenn die Nebel stiegen, begann das Fest und wenn sie verschwanden, legte man sich zur Ruhe. Als alle Vorräte verbraucht waren, beschloss die Gesellschaft, wieder auf Wanderschaft zu gehen. Man wollte sich wieder trennen, aber sich zu den Augustnebeln erneut treffen und zwar genau wieder am selben Ort. So war der Abschied nicht so schmerzlich. Sie wünschten sich einen guten Weg und fröhliche Erlebnisse und es hüpfte ein jeder in seine Richtung.

Weihnachten bei den Trollen

Es kamen die ersten grauen Tage im Herbst und die Luft war kalt und feucht. Morgens zogen dichte Nebel durch den Wald und hüllten die Bäume in gespenstige Tücher, gerade so, als wollten sie das herannahende Blattsterben und allgemeine Vergehen in der Natur in seiner Trauer mildern Es hing ein melancholisches Lied in der Luft und wurde vom trägen Wind nur langsam davon getragen.

Die Trolle schlichen durch das Gestrüpp ohne viel zu reden oder gar zu singen und zu scherzen. Da auch nur wenige Wanderer unterwegs waren, gab es nichts zum Schabernack treiben.

Den letzten Pilzsuchern stahlen sie schon mal einige Pilze oder kippten eher lustlos einen abgestellten Korb um. Es lachte keiner und da konnte einem der Spaß vergehen.

Wenn sie abends ihre Schlafplätze richteten, brauchten sie sehr lange bis sie genügend Moos, Heu und Federn aufgeschüttet hatten. Oftmals aßen sie dann nichts mehr und jeder wusste, dass sie bald den langen Schlaf antreten würden. Oboe fragte Viola, wann sie wohl ihr Kind bekommen würde? Viola antwortete mit ihrem Lieblingssatz: "Alles hat seine Zeit." Oboe gab sich zwar äußerlich zufrieden, war aber doch sehr unruhig in seinem Herzen. Es fiel ihm die Weihnachtsgeschichte ein, die er bei den Menschen gehört hatte. Einmal abends in der Schlafmulde, als sich ihre Körper und Seelen aneinander wärmten, erzählte er diese Geschichte seiner Liebsten.

Sie strich ihm zärtlich über das Gesicht und flüsterte ihm zu: „Kannst du machen, dass auch uns dieses passiert?" „Glauben und beten hilft viel, sagen die Menschen, aber ich weiß nicht, ob das stimmt." Oboe lauschte seinen eigenen Worten und spürte seine Hilflosigkeit fast körperlich. Er dachte an den großen Schlaf der Trolle und Weihnachten war noch nicht so bald. Er grübelte und grübelte und verlor vor lauter Nachdenken fast den Verstand, so dass er wie in eine Trance verfiel. Da plötzlich durchzuckte ihn ein beglückender Gedanke, der ihm wie die prächtigste Lösung erschien. „Viola, ich habs", rief er ihr ins Ohr, „ wir feiern Weinachten übermorgen, wer sagt denn, dass das nicht geht?" Violas Einwände wurden erstickt und Oboe konnte mit den Vorbereitungen gleich am nächsten Morgen beginnen. Zunächst mussten die übrigen Trolle unterrichtet werden. Die Alte, das war die älteste Trollin und sie hatte die Weisheit, wackelte mit dem Kopf so schnell hin und her, dass man hätte meinen können, er fiele ihr gleich herunter mäkelte: „Warum das jetzt, als wenn ihr der Natur ins Handwerk fuschen könntet. Das Kind kommt nach dem großen Schlaf noch früh genug und dem Weltenschöpfer sagt man nicht, was er tun soll, ohne seinen Groll zu spüren." Damit wendete sie sich ab, hockte sich auf einen Baumstunken und sah den übrigen zu. Diese schmückten eine kleine Fichte mit Federn und Beeren und legten kleine Leckereien darunter. Oboe übte mit ihnen dabei Weihnachtslieder, die ihm im Gedächtnis geblieben waren. Plötzlich stellte sich der Alte und Weise zum Baum und begann die Weihnachtsgeschichte zu erzählen. Alle Trolle, auch die Alte setzen, sich in einen Kreis und hörten still und ergriffen zu. Nach einer Weile des Schweigens, das nach des Alten Geschichte begann, fingen alle an zu singen und gaben sich ihre kleinen Gaben wie Nüsse, Fichtenkerne und getrocknete Beeren. Der

Alte hatte noch etwas Met und lud die Alte, die nun auch wieder lächelte, zu einem Glas ein.

Viola sagte, sie sei müde und legte sich in ihre Schlafmulde. Alle nickten ihr zu und wünschten ihr eine gute Nacht. Nach einer Weile folgte ihr Oboe, da ihn eine seltsame Unruhe beschlich. Doch schon bald ertönte seine Stimme laut und jubelnd durch den Wald, kaum dass er bei Viola stand rief er laut jubelnd: „Seht her das Kind in ihrem Schoß! "Die ganze Gesellschaft eilte herbei um das Wunder zu bestaunen. Die Alte holte kleine Sommertüchlein und wickelte das Kind. Dann zeigte sie es dem Alten und der legte segnend die Hand auf seine Stirn. Nun gaben sie das Trollönchen in den Arm seiner Mutter, an deren Seite Oboe glücklich lag. Er streichelte Viola zärtlich und küsste ihre Augen. Alle Trolle brachten ein Fellchen für das Neugeborene. Der junge Vater dankte und weinte vor Freude.

Das Glück breitete sich aus wie der Nebel am Morgen. Der Alte mahnte zur Ruhe. Alle folgten widerspruchslos. Viola und Oboe hielten ihr Kind warm und geborgen. Sie konnten ihr Glück noch nicht wirklich begreifen.

„ Alles hat seine Zeit,“ murmelten sie einander zu. Selig schliefen sie ein.

Trolle lernen schwimmen

Das Troll-Paar Viola und Oboe hatten nun zu Weihnachten ein Trollönchen bekommen und sie wurden von einem wunderbaren Glücksgefühl und großer Freude erfüllt. Stolz trug Oboe sein Kind herum und strahlte mit den letzten Sonnenstrahlen des Jahres um die wette. Die Alte wackelte bedenklich mit dem Kopf und raunzte durch ihre faltigen, hängenden Lippen: „ Was soll das nur werden, sie sorgen sich nicht um den -Grossen Schlaf, sie wissen vor lauter Aufgeregtheit nicht was sie wirklich tun sollten. Sorgen sollten sie, sorgen!" Sie gab sich gleich selber die Antwort. Der Alte meinte sanft: „Ich sage es ihnen und wir sollten ihnen zur Seite stehen. Komm!" So gingen sie zu den Jungen und freuten sich zunächst an deren unbesorgtem Tun. Doch dann mahnte der Alte und sagte: „Hört her, der -Grosse Schlaf- beginnt und ihr habt nicht gesorgt. Auf und tut eure Pflicht." Die Jungen verstanden sofort und begannen eine tiefe Höhle zu graben unter einer dicken Baumwurzel.

Viola trug das Kind auf dem Rücken in einer Schulterschlaufe aus weicher Baumrinde und trug trockenes Laub zusammen. Flöte zupfte das Kleine immer wieder an den Härchen und Händchen, so dass dieses bald weinte. Oboe packte ihn und rief „:Hast du sonst nichts zu tun, dann geh mit mir Federn suchen." Er drehte sich um und ging ohne ein weiteres Wort los, so dass ihm Flöte folgen musste.

Sie gingen Wald einwärts und trafen auf eine Lichtung. „Wo willst du hier Federn finden," maulte Flöte. Auf der anderen Seite der Wiese war ein kleiner See und in seiner Mitte schwamm wie ein Boot eine verträumte, kleine Insel. Hier war bis vor kurzer Zeit eine Entenfamilie zu Hause, die waren nun aber gen Süden gezogen und die Insel lag still im ersten Abendnebel und Oboe starrte zu ihr hinüber und flüsterte: „Dort, dort." Flöte ruderte mit seinen langen, dünnen Armen durch die Luft und höhnte: „Dort, dort, ha das ist ja einfach, da machen wir es wie die Enten und schwimmen einfach rüber oder wir bauen ein Boot wie die Menschen, wir haben ja noch so viel Zeit, hach!" Er wusste sehr wohl, dass sie weder schwimmen noch ein Boot bauen konnten, Trolle können weder das eine noch das andere. Doch Oboe nickte mit dem Kopf und sagte etwas zögerlich: „Wir müssen es versuchen." Er ging zum Ufer und vorsichtig an das Wasser. Langsam ging er tiefer ins Wasser und breitete die Arme aus, doch er bekam Angst und krabbelte zurück. „Lass es uns woanders suchen," bettelte Flöte, doch Oboe schüttelte den Kopf und murmelte, „da sind die besten und die soll das Kind haben." Wieder stieg er ins Wasser und hielt die Luft an „das Wasser muss mich tragen," rief er nach rückwärts und im selben Moment ging er unter. Flöte zitterte und rief ihn beim Namen, doch er sah ihn nicht. Nun ging auch er ins Wasser und legte sich todesmutig darauf. Seine Arme bewegte er nur wenig und hielt sie ausgestreckt, dafür strampelte er heftigst mit den Beinen. So hielt er sich oben und schaute sich dabei nach Oboe suchend um. Da! Nur wenig neben ihm kam prusten und schnaubend ein Kopf mit weit aufgerissenen Augen an die Oberfläche! „Oboe, Oboe". Sie schauten sich an und stellten fest, sie schwammen! Sie paddelten ans Ufer zurück und lagen sich dort fröhlich-lachend in den Armen. „Wir sind geschwommen," stellten sie einhellig fest und das werden wir gleich noch einmal probieren.

Zunächst jedoch wollte Oboe wissen, was Flöte getan habe. Doch der konnte es nicht so genau erklären und sagte „Ich mache es mal vor." Sie drehten sich dem See zu und Flöte ging vor und erinnerte sich genau, was er vorher gemacht hatte. Es klappte wieder, nur er kam nicht von der Stelle. „Wie die Enten, wie die Enten," rief Oboe und stürzte ins Wasser. Er machte alles wie sein Kumpan, nur er benutzte die Hände wie kleine Schaufeln und tatsächlich, er kam voran. Flöte tat es ihm nach und beide lachten und johlten: „Immer der Nase nach, immer der Nase nach!" So kamen sie auf die Insel und fanden die verlassenen Entennester. Sie legten sich hinein und kuschelten sich tief in die Federn. So wurden sie wieder trocken und warm.

Beinahe wären sie eingeschlafen. Doch sie hörten plötzlich Rufen von Ferne und erkannten ihre Namen. Es war dunkel geworden und Viola machte sich sicher Sorgen. Eigentlich war es nichts besonderes, wenn ein Troll am Abend nicht zurück war. Aber wenn man sich so sehr liebt wie Viola und Oboe, ja dann macht man sich Sorgen und mag auch nicht allein einschlafen. So machten sich die zwei durch lautes HO-HO -rufen bemerkbar und als die Suchenden merkten, dass die Vermissten auf der Insel waren, staunten sie nicht schlecht und riefen hinüber: „Wie seid ihr auf die Insel gekommen?" Wie aus einem Mund riefen beide zurück: „Wir sind geschwommen wie die Enten." Dabei lachten sie und hüpften fröhlich herum. Doch bald fiel ihnen auf, dass es schon recht dunkel war und sahen die Nebelschwaden über dem Wasser. Ein Zurück gab es nun nicht mehr, das wurde ihnen bald klar. Sie mussten den Morgen abwarten und riefen dies den anderen zu. Viola setzte sich ins Gras und holte ihr Kind nach vorn und begann es zu stillen. Sie jammerte dabei: „Zum ersten Mal muss ich nun allein schlafen, seid ich ihn liebe, zum ersten Mal, oh je." Doch Trollönchen lächelte sie lieb an und sie war getröstet. Sie stand auf und ging zur Höhle der Gesellschaft zurück und alle anderen, die ihr suchen geholfen hatten, folgten ihr. Sie murmelte vor sich hin: „Er schwimmt wie die Enten, ha, das will ich sehen. Trolle können nicht schwimmen, nein das können sie nicht." Trotzig legte sie sich zur Ruhe nieder und schlief sehr schlecht.

Beim ersten Sonnenstrahl erhob sie sich geräuschlos und ging zum See. Die Beiden auf der

Insel schliefen einen tiefen und erholsamen Schlaf in ihrem Entennest, tief in die Federn versunken. So wachten sie auch nicht so früh auf und Viola musste eine geraume Weile warten. Sie fütterte das Trollönchen und legte es ins Gras, damit es mit den Käfern spielte. Sie aber lief zum Ufer und schaute und schaute. Sie hielt es kaum aus vor Angst und Sehnsucht. Und sie wollte wissen, ob er wirklich schwamm, schwamm wie die Enten! Da, endlich, es bewegte sich was auf der Insel. Sie duckte sich ins Schilf, weil sie nicht gesehen werden wollte. Wenn Oboe ein falsches Spiel spielte, sollte er nicht wissen, dass sie es sah. Oboe und Flöte hatten abgewartet, ob am anderen Ufer sich ihre Gesellschaft versammelte, um zu sehen, was sie konnten. Doch sie sahen Niemand und waren sehr enttäuscht. Sie beschlossen, die eingesammelten Federn gut und wasserdicht in großen Blättern auf dem Rücken zu verstauen und dann zurück zu schwimmen. Als sie beide soweit waren, gingen sie etwas unsicher in das Wasser. Hoffentlich klappte es wieder so wie am Abend zuvor. Zunächst ging alles gut, doch plötzlich verrutschte ihre Ladung und zog sie unter das Wasser. „Ich habe es doch gewusst, jetzt ertrinkt er und ich sehe zu. Ja, wenn ich doch nur helfen könnte." Viola lief aufgeregt ins seichte Wasser und der Schreck ließ sie erbeben. Sie dachte nicht mehr klar, sie handelte nur noch aus tiefer Sorge um ihren Geliebten. Und so legte sie sich ins Wasser und breitete die Arme aus und strampelte mit den Beinen. Sie drehte sich fast im Kreis und kam nicht von der Stelle. Wie die Enten hatte er gerufen, wie die Enten. Sie besann sich und machte rudernde Bewegungen mit den Armen und es ging vorwärts. Sie schaute nach vorn und ihre Augen suchten nach ihrem Schatz. Der stand lachend am Ufer und rief: „Schaut alle her sie schwimmt, Viola schwimmt wie die Enten."

Während des Bemühens von Viola, Oboe zu helfen, war der mit Flöte ans rettende Ufer gelangt, zwar mit viel Mühe und nassen Federn, aber immerhin schwimmend. Die Gesellschaft war Viola in einigem Abstand gefolgt und hatte alles gesehen. Die Alten staunten anerkennend, die jüngeren Trolle johlten und hüpften aufgeregt im Gras herum. Sie sangen ein neues Lied und das lautete so:

Joho, joho, wir sind so froh, es hüpft im Gras der Floh, es spinnen die Spinnen und wir, wir können schwimmen.

Wieder einmal musste der Alte ein Machtwort sprechen: „ Denkt an den Grossen Schlaf, trefft eure Vorbereitungen." Sofort gingen alle an die Arbeit. Zunächst trockneten sie die wunderbaren Federn. Damit polsterten sie das Grübchen für das Trollönchen aus. Die restlichen Federn wurden gerecht verteilt. Speisen waren schon länger gesammelt, getrocknet und gelagert worden. Nun ging es daran eine tiefe Ruhe in allen Trollen zu erreichen. Sie setzten sich im Kreis dicht beieinander auf den Boden und fassten sich an. Sie versicherten sich gegenseitig, wie sehr sie sich liebten und brauchten. Sie sangen leise und wiegten sich im Takt. Dann befahlen sie sich dem -Grossen Geist- und legten sich im Vertrauen auf ihn und dass er es recht machen würde, nieder. Sie schliefen ein zum - Grossen Schlaf- und würden mit der ersten Frühlingssonne wieder erwachen. Das ist gewiss.

Trollweihnacht und Sternensilber

Oboe war den ganzen Sommer über still und zurückhaltend. Er dachte sehr viel nach und war auch unzufrieden. Sein Kind, Trollönchen, hatte noch keinen endgültigen Namen und war so vom großen Geist noch nicht gerufen und angenommen worden.

Viola schien dies wenig zu kümmern. Sie sagte immer wieder: „Der Alte entscheidet über den Verlauf der Zeit." Damit war für sie das Thema erledigt.

Wenn Oboe den Alten versuchte anzusprechen und sagte: „Mein Kind hat noch keinen Namen," verwies ihn der Alte streng: „ Alles hat seine Zeit, das solltest du wissen und so gedulde dich. Geduld ist ohnehin nicht deine Stärke."

So verging der Sommer und der Herbst kündigte sich an. Die Trolle feierten ihre Feste und wanderten durch Wald und Feld. Dabei sammelten sie alles Brauchbare wie Federn, Baumrinde, Früchte und

Honig. Diese Vorräte wurden für den Winter in Höhlen eingelagert. Ansonsten sahen sie zu, dass sie sich einen ordentlichen Wanst anaßen, damit sie in der kalten Jahreszeit davon zehren konnten.

Der ganzen Trollgesellschaft war die immer schlechter werdende Stimmung Oboe,s wohl aufgefallen. Sie beschwerten sich bei Viola und diese sagte, sie leide selbst genug darunter. So waren nachher alle ungeduldig miteinander und Ungeduld ist nun mal für Trolle eine schlimme Sache So nahm der Alte die Eltern vom Neugeborenen an die Seite und fragte sie, ob sie schon einen Namen für das Kind bestimmt hätten? Oh, ja, das hatten sie, aber jeder für sich. Oboe wünschte, dass sein Kind wie seine Mutter heiße, Lille. Viola jedoch wünschte den Namen ihrer Großmutter, Jela. „Seht," sagte der Alte," ihr seit euch nicht einig und fordert Eile für die Namensgebung." Beide nickten schuldbewusst. Sie erhielten nun den Auftrag, sich zu verständigen und dann sollte ein Fest stattfinden zur Namensgebung

.

Die Eltern hockten sich auf einen Baumstunken und Viola wiegte das Kind in ihrem Schoß und sang leise:

„Jela, meine Jela." Oboe kitzelte sein Kind mit einem trockenen Grashalm und flüsterte: „Lille, kleine Lille." Sie schauten sich an und merkten, wie dumm es war, auf seinem vermeintlichen Recht zu bestehen.

Flöte trat herzu, er hatte eine Weile zugeschaut. Er lächelte sanft und sagte: „ Ich mache euch einen Vorschlag, nehmt von jedem Namen einen Teil und nennt das Kind >Lila<." Sie wurden still und jeder grübelte und formte im Stillen immer wieder den Namen: Lila -Lila.

„Ja," riefen sie dann fast gleichzeitig, „so klingt es gut. Das Kind soll Lila heißen."

Die Trollgesellschaft erfuhr davon und fand die Entscheidung gut. Flöte war besonders stolz auf seinen Rat und prahlte überall damit herum. Dass es das erste Mal war, dass er was Vernünftiges gemacht hatte, verschwieg er.

Nun aber war Herbst und die kalte Jahrszeit kündigte sich mit Nebel und kalten Nächten an. Oboe dachte viel an das Weihnachtsfest, das er bei den Menschen erlebt hatte. Er wollte keineswegs wieder dorthin, aber die Art der Feier hatte ihm schon gut gefallen.

So wollte er auch gern seinem Kind einen Baum schmücken und ein Geschenk machen. Wie er es schaffen wollte. dass die Engel fliegen, wusste er zwar nicht, aber an die Dinge für die anderen Überraschungen hatte er schon den ganzen Sommer über gedacht. Er hatte Silberpapier, von Menschenkindern achtlos weggeworfen, nachdem sie sich einen Kaugummi in den Mund gesteckt hatten, aufgehoben. Auch leere Zigaretten-schachteln hatten eine Innenverkleidung aus Silberpapier. Nüsse und Zapfenkerne legte er zur Seite und Honig wickelte er, nachdem dieser fest geworden war, in Sauerampferblätter. Einmal fand Oboe ein kaputtes Glas von einer Fahrradrückleuchte. Da hatte er seine helle Freude beim Schleifen und Polieren. Die fertigen "Edelsteine" bündelte er in ein Ledersäckchen und versteckte dies gut. Die größte Sorge jedoch bereiteten ihm die Kerzen. Wie sollte er diese bekommen und anstecken? Die Gefahr eines Brandes war zu groß. Oboe wollte schon darauf verzichten, als er einen geschliffenen Kristall fand. Den hatte wohl ein Mensch am Schlüsselbund getragen und verloren. Wenn er den, ja den, --ja das erzähle ich euch später.

Es war schon bald Winteranfang und die Trolle richteten das Winterquartier, als der Alte Viola zu sich rief. Ob sie bereit sei, ihrem Kind den Namen zu geben und den „Grossen Geist" um seinen Beistand für das Kind zu bitten. Freudig nickte sie und lief dann zu Oboe, um ihm die frohe Botschaft der Namensgebung mitzuteilen. Oboe nahm sie lachend in den Arm und sagte ihr, dass er nun einige Vorbereitungen zu treffen habe, bei denen sie ihn nicht stören dürfe.

Er prüfte nun zuerst den Stand des Mondes und ob Regen oder gar Schnee fallen würde. Er stellte fest, dass es kalt und trocken sein würde in der nächsten Zeit. Das gefiel ihm.

Aus dem Silberpapier hatte er schon kleine Sterne und einen Engel gebastelt, so wie er es bei den Menschen gesehen hatte. Sorgfältig richtete er den moosigen Waldboden her und schaffte Sitzplätze. Er begann das schönste Bäumchen in der Runde zu schmücken. Immer wieder nahm er die soeben angebrachten Sterne von den Zweigen, um sie an anderer Stelle neu aufzuhängen. Aufgeregt sprang er hin und her und sang leise, damit er sich nicht verrate, denn eigentlich war ihm nach lautem Jubel zu Mute. Er trug vorsichtig den Engel herbei und stieg in den Nachbarbaum. So gelangte er nach oben, ohne sein geschmücktes Bäumchen zu beschädigen. Er hing den Engel fast an die Spitze und suchte nun in der Hosentasche nach dem Glaskristall. Er nahm ihn vorsichtig in die Hand und streichelte ihn sanft. Dann hing er ihn an die höchste Spitze. Er richtete ihn aus und prüfte immer wieder seinen Platz. Endlich war er zufrieden. Als er wieder auf dem Waldboden stand, freute er sich und rieb sich die Hände. Nun holte er seine Geschenke aus dem Versteck und sprang glücklich durch das Gestrüpp zu den anderen Trollen. Diese standen um Viola herum und freuten sich an dem Kind, dass sie mit Federn und kleinen grünen Zweigen geschmückt hatte. Oboe sagte ihr, als er sie gelobt hatte, dass er alles bereit habe. Flöte rief den Alten und so gingen sie zu Oboe,s Lichtung.

Kleine, weiche Nebel zogen um die Bäumchen herum. Die Dunkelheit brach herein und der Himmel funkelte strahlend mit Sternenglanz auf die versammelte Trollgesellschaft und dem noch namenlosen Kind herab. Die Himmelssterne entzündeten ein Licht in jedem Stern am Baum und der Engel schaukelte sanft im leichten Abendwind. Dabei bewegte er seine Flügel und sie glänzten wie pures Silber. Doch nichts war so schön wie der Kristall auf der Spitze. Das Licht des Vollmondes brachte ihn so zum Glänzen, dass seine Lichter von Zweig zu Zweig sprangen und viele,, viele Lichter an den Zweigspitzen erstrahlen liessen. Atemlos stand die Trollgesellschaft dicht aneinandergedrängt vor diesem Strahlenglanz und trank die Freude wie ein wundersames Getränk in sich hinein. Das Staunen nahm kein Ende!

Fast hätten sie vergessen, warum sie hier waren, wenn das Kind im Arm der Mutter nicht selig gejauchzt hätte. Der Alte begann mit der Anrufung des „ Grossen Geistes" und bat um den Namen des Kindes. Er legte eine seiner Hände auf seinen Kopf, eine auf sein Herz und rief laut: „ Lila, das ist dein Name. Trage ihn im Angedenken an deine Eltern und deine Gesellschaft und deine Ahnen." Alle riefen: „ Wir wollen es so."

Nun gab Oboe Viola das Säckchen mit den roten Steinen. Sie war beglückt und freute sich sehr. Das Kind bekam die Honigpäckchen und alle anderen Trolle die Nüsse und Zapfenkerne.

Sie saßen noch lange beieinander und versicherten sich gegenseitig ihre Liebe. Früh am Morgen holten sie die Sterne, den Engel und den Kristall vom Baum herunter und hoben alles sorgfältig auf.

Sie hatten Namensgebung und Weihnachten zusammen gefeiert und waren so froh dabei geworden. Niemand wollte schlafen und doch würde es bald Zeit sein, für den großen Schlaf. Selbst das Kind, jetzt mit Namen Lila, suchte mit seinen Augen die Bäume und den Himmel ab nach dem Glanz der vergangenen Nacht. Langsam wurde es müde und schlief mit einem süßen Lächeln im Arm der Mutter ein.

Oboe dankte dem großen Geist, dass er alles hatte so gut gelingen lassen. Waren doch seine Berechnungen für den Sternenglanz, der von Ast zu Ast gesprungen war und alle so sehr verzauberte, nichts wert, hätte der Himmel über ihnen nicht so wundersam und hell gestrahlt.

In den Erdbeeren

Forsthäuser stehen wohl immer am Waldesrand. So auch im Burgwald. Trolle sind aber eigentlich immer im tiefen Wald unterwegs und mögen es nicht, Menschen zu begegnen, es sei denn, sie haben gerade mal wieder Unfug im Sinn.

So kam es eines Tages, dass zwei unternehmungslustige und unbesorgte Trolle fröhlich drauf los marschierten und nicht merkten, dass der Wald immer heller wurde. Plötzlich standen sie auf einer Wiese und sahen vor sich das Forsthaus . Es war mit einem Holzzaun umfasst, der vor hungrigen Tieren schützen sollte; denn am Haus war ein hübscher Garten mit Blumen und Gemüse angelegt. Die Trolle schlüpften durch die Latten, wobei sie jedoch ihre Bäuchlein, die sehr rundlichdick waren, einziehen mussten. Sie waren begeistert, was sie alles sahen. Sie zupften ein paar Möhrchen, die für Menschen noch zu klein gewesen wären und aßen sie mit großem Vergnügen. Dann rochen sie an den verschiedenen Gewürzen wie Salbei, Pimpinelle, Dill und Petersilie. Die Aromen gefielen ihren feinen Nasen.

 Doch dann entdeckten sie die Erdbeerreihen! Zuerst trauten sie den roten Früchten nicht so recht; denn im Wald signalisiert die Farbe rot Gefahr, wie sie es von den Fliegenpilzen kannten. Doch die Lust auf Neues war stärker und sie probierten vorsichtig. Hm, waren die lecker. Oh, schmeckten die gut! Weil die Früchte so nah der Erde waren, nannten sie die Erdbeeren und wussten nicht , wie Recht sie damit hatten. Bald lagen sie auf der Erde und streichelten ihre Bäuchlein, weil diese so voll waren. Aber sie ließen nicht nach mit der Nascherei, bis auch die letzte reife Frucht vertilgt war. Sie waren bald so vollgestopft, dass sie sich nicht mehr rühren konnten und schliefen gleich unter den Erdbeerbüschen ein, alle Vorsicht außer Acht lassend.

Am anderen Morgen ging die Frau des Försters in ihren Garten, um Gemüse herein zu holen für das Mittagsmahl. Als Nachtisch sollte es Erdbeeren geben. Doch oh Schreck, alle roten Früchte, die am Abend noch da waren, waren weg! Die Frau rief ihren Mann und zeigte ihm das Dilemma. Er fand

Spuren und glaubte zunächst, das wären Entenspuren. Aber Enten, hier? Nein, der Hund hätte gewiss angeschlagen. Die Frau des Försters jammerte und war den Tränen nahe. Doch der meinte nur, dass man auch Pudding essen könne und am nächsten Tag wären wieder Erdbeeren reif.

Die Trolle lagen derweil unter den Erdbeerblättern und bangten, dass sie wohl entdeckt werden könnten. Sie versuchten sich klein zu machen und verhielten sich ganz gegen ihre Gewohnheit still. Dabei hatten sie große Mühe, denn das ungewohnte Mahl machte ihnen sehr zu schaffen. Sie hatten großes Bauchweh und mussten dringend wo hin . Sie legten ihre Hände auf die Leiber und atmeten tief durch . Erst als die Frau ins Haus ging , erhoben sie sich vorsichtig und versuchten , auf dem bekannten Weg zu verschwinden. Doch da, oh weh, kam Peppi, der Dackel . Er bellte und versuchte, sie zu greifen . Die Angst verlieh ihnen Flügel. Sie sprangen vor Verzweiflung am Zaun hoch und darüber. Durch die Latten hätten sie es mit den vollen Bäuchen nicht mehr geschafft.

Der Förster kam um zu sehen, warum der Hund sich so aufregte. Er glaubte nicht was er sah. Trolle auf seinem Zaun! Er wollte schon seine Frau rufen, doch ein Förster, der Trolle sieht, nein, so lächerlich wollte er sich denn doch nicht machen.

Dann wollte er doch lieber an Enten als Erdbeerdiebe glauben.

Ohrensausen

Immer wieder zieht es die Menschen in den Wald,
um sich zu erholen. Doch manchmal fragt man sich,
was sie so unter Erholung verstehen. Da gibt es
einige die zünden ein Feuer an und braten Fleisch
und Kartoffeln an Spießen, ohne Rücksicht auf die
Brandgefahr. Andere fahren gar mit Motorrädern
herum und nennen das Hindernisrennen und halten
sich für sehr sportlich. Damit aber erschrecken und
gefährden sie die Tiere. Noch rücksichtsloser aber
waren an einem schönen Sommertag eine Horde
Jugendlicher, die mit Autos in den Wald gekommen
waren.

Sie luden zunächst unter lautem " Hallo", Geschirre
und Esswaren , sowie Getränke aus . Dann wurden
einige Autos unter Bäumen im Schatten geparkt. Nur
eines ließen sie mit geöffneter Tür stehen. Ein junger
Mann stieg ein und machte sich am Radio zu
schaffen. Unser Troll Flöte war, neugierig wie immer,
unter einen Korb gekrochen, der direkt neben dem
Fahrzeug stand. Plötzlich erfasste ihn eine

Schallwelle riesigen Ausmaßes, die aus dem Auto kam. Flöte lag flach auf dem Boden und war unsagbar erschrocken und völlig hilflos dem Lärm für seine Ohren ausgeliefert. Die jungen Leute jedoch freuten sich offensichtlich über die Musik und hüpften laut mitsingend von einem Bein auf das andere. Der kleine Troll lag auf der Erde, grub sein Gesichtchen in das Moos und stöhnte jämmerlich. Seine dreifingrigen Händchen klopften immer abwechselnd auf den Boden und seine spitzen Ohren. Dabei stieß er kurze, markerschütternde Schreie aus. Doch die jungen Leute hörten diese nicht, da ihr eigenes Krakeel alles übertönte.

Erst als sie Hunger bekamen und ihre Sachen auspackten, machten sie die Musik leiser. Ein Mädchen meinte Geräusche gehört zu haben. Doch alle anderen lachten sie aus und ein Mann meinte, sie habe wohl die wilde Sau gehört. Doch das Mädchen ließ sich nicht beirren und schaute unter das Auto und hob Zweige hoch. Nun bekam Flöte aber Angst, entdeckt zu werden und hob den Korb an, um zu verschwinden. Da kippte dieser um und sein Inhalt fiel ins Gras. "Da, ich habe ein kleines

Männchen gesehen," rief die junge Frau " es ist hier unter der Baumwurzel verschwunden." Nun hatte sie aber den Spott auf ihrer Seite und alle lachten sie aus ob ihrer "Einbildung". Sie setzte sich etwas abseits und begann zu grübeln, nicht sicher, was sie da wohl gesehen hatte oder ob es nicht doch ihrer regen Fantasie zuzuschreiben war.

Am Abend fuhren die jungen Leute singend und immer noch mit lauter Musik wieder ab, auch das Mädchen.

Flöte lag unter seiner Wurzel und klagte nun über Ohrensausen. Er hoffte, es ginge bald vorüber, doch da täuschte er sich. Es klingelte und rumorte in beiden Ohren. Der Troll schüttelte heftig mit dem Kopf hin und her und schlug sich mit den Händen auf die Ohren. Ja, er übte sogar den Kopfstand! Ein helles Lachen übertönte plötzlich sein >Rauschen<. Er sah das Mädchen vom Nachmittag und rief: "Verschwinde, ihr habt mir das Unheil gebracht mit eurem Lärmen und nun habe ich die Plage am Leib. Meine Ohren brausen und sausen gar fürchterlich. Oh, au, oh. " Die Frau beugte sich herab und griff nach ihm. Doch Flöte huschte schnell unter die

Baumwurzel und verschwand auf einem geheimen Weg.

Das Mädchen saß noch eine Weile auf einen Baumstunken und grübelte über ihre Erscheinung. Nachdenklich ging sie nach Hause und sprach mit Niemand darüber.

Der Troll aber rannte weinend zu seiner Gesellschaft, die an einem kleinen Gewässer lagerte. Die Alte nahm sich seiner an und schimpfte mit ihm, weil er immer die Nähe der Menschen suche. Dann legte sie ihm feuchte Blätter von Sauerampfer auf die Ohren und hieß ihn still zu sein. Außerdem müsse er drei Tage fasten. Flöte ergab sich in sein Schicksal und tatsächlich, drei Tage später waren seine Ohren wieder frei von Geräuschen. Er sprang fröhlich im Gras herum und aß alles , was er fand. Dabei versprach er, in Zukunft die Menschen zu meiden.

Doch wer mag es glauben?

Der Alte geht über den Nebel

Im Winter schlafen die Trolle unter den dicken Baumwurzeln in der sie wärmender Erde. Man kann aber nicht sagen, sie halten einen Winterschlaf, sie sparen nur ihre Energien, da sie nur wenig Nahrung in der kalten Jahreszeit im Wald finden.

So machten es auch unsere Burgwälder. Sie lagen eng aneinander geschmiegt in ihrer warm mit Federn und Heu ausgepolsterten Erdhöhle und verschliefen den Winter. Ab und zu rekelten sie sich und veränderten ihre Lage, wenn ihre Körper zu schmerzen begannen, versicherten sich ihre Zuneigung und dass es ihnen gut geht und schliefen wieder ein.

Eines Tages bei solch einer Aktion aber bemerkte der Troll Oboe, dass der Alte sich nicht wohl fühlte und befragte ihn danach. Der Alte nickte ihm zu und flüsterte: „Komm mit nach oben, ich muss mit dir reden." Vorsichtig stiegen sie an die Erdoberfläche, sahen dass Schnee gefallen war, suchten sich einen Baumstumpf und setzten sich darauf. Oboe war beunruhigt, sah den Alten besorgt an, streichelte ihm über den Rücken und fragte leise: „Geht es dir nicht gut?" Der Alte sah in die Schneelandschaft, kniff die Augen zusammen und deutete über das Tal der Nempfe. „Siehst du die Nebel? Sie ziehen herauf und mir in,s Gemüt," leise und stockend begann er zu sprechen: „ Die Menschen erzählen, wenn sie die Nebel sehen, der Fuchs habe Besuch von einem Freund und sie rauchten zusammen eine Pfeife. Ha, was wissen die schon?" „ Nichts," gab er sich selbst die Antwort. Er seufzte tief, beugte sich müde nach vorn, stützte den Kopf mit der Hand und legte den Arm auf das Knie. Dabei sprach er besonnen weiter: „ Die Nebel sind immer ein Zeichen. Schau hin und du siehst ihre Muster, Bänder, Orakel. Lerne sie zu lesen und verstehen. Es liegt ein Mythos in ihnen, sie wabern, wallen, ziehen über Land und Wälder, geben Rätsel auf und lösen sie wieder. Sie haben auch mit mir gesprochen." Er stand mühselig auf, legte seine Hand auf Oboe,s Schulter, rieb ihn sanft und sagte beschwörend: „Siehhin, sie rufen mich, ich muss hinüber und verhehle nicht, ich gehe gern. Mein Rücken ist gebeugt, meine Füße sind schwer. Das Herz spricht nicht mehr von Freude im täglichen Sein hier." „ Was sollen wir ohne dich tun?" Oboe sah fragend auf den Alten. „Vertragt euch, seit euch gut, besteht nicht auf vermeintliche Rechte, Klugheit oder Stärke. Wenn ich nun gehe über den Nebel, denn ich habe das Orakel verstanden, so folge ich den Gesetzen, die auch für euch gelten. Ich gehe gern, denn die große Müdigkeit hat mich erfasst, ich habe aber Freude am Gedanken, das ewige Wissen zu erlangen." Der Alte machte eine Pause und atmete langsam und schwer ein, dann sprach er weiter: „ Der Frühling kommt wie jedes Jahr, das Grün wird erwachen dessen könnt ihr sicher sein. Dann müsst ihr planen ohne mein Wort, einer wird sich finden, der die Klugheit des Herzens hat. Der wird euch beraten im Lauf der Zeit." Noch einmal seufzte der Alte tief, um dann fort zu fahren: „ Denke nicht daran, dass du es sein könntest, warte ab bei der Entscheidung, plane die Klugheit der Frauen mit ein. Lerne zu warten, habe Geduld." Oboe hatte ein seltsam warmes Gefühl in sich, wagte nicht zu sprechen, kaum zu atmen. Der Wanderstab des Alten fiel zu Boden, Oboe wollte ihn aufheben, musste ein paar Schritte hinterher gehen da er etwas davon rollte, griff ihn und drehte sich herum. Die Hand mit dem Stab erhoben ging er zurück und schaute, wo der Alte sei. Er konnte ihn nicht sehen, sah zu den Nebeln und es war ihm, als lächelte ihm der Alte zu. Der Zurückbleibende grüßte mit dem Stab und wünschte einen guten Weg. Er blieb noch eine Weile stehen um sich zu sammeln, sah auf die Nebelbänder die sich umschlangen, leuchtete da nicht noch einmal das Gesicht des Alten? Oboe war traurig und doch irgendwie getröstet, zufrieden. Seine Füße wurden kalt, langsam unaufhörlich kroch die Kälte in seine Kleider. Er dachte an das eben erlebte, an die Worte, die er gehört. Alles hatte seine Zeit, dachte er, ich will nun gehen und die Worte des Alten bei mir behalten. Er wog den Stab in der Hand, streichelte ihn sanft, kehrte noch einmal in sich ein, hielt inne. Das brauchte er, damit er die rechten Worte finden würde für seine Familie in der Höhle unter den Wurzeln der Bäume.

Trauer

Oboe wandte sich der Höhle zu unter den Wurzeln des Baumes wo seine Gesellschaft schlief. Vorsichtig, damit er keinen wecke, legte er sich neben Viola, die scheinbar noch schlief und ihn nicht vermisst hatte. Als er jedoch versuchte, ein Stückchen der Federdecke verwebt mit Zittergräsern, zu erhaschen, fauchte ihn sein Weibchen an: „Du stromerst draußen herum ohne mir Bescheid zu geben, bleibst lange weg und entschuldigst dich nicht einmal und nun lässt du mich und das Kind nicht in Ruhe schlafen!" Sie nahm das weinende Trollönchen zärtlich an ihre Seite und drehte Oboe den Rücken zu. Nach einem kurzen Schlummerlied, dass Viola sang, schlief die Kleine wieder ein. Auch die übrige Gesellschaft, aus der der eine oder andere Troll gemurrt hatte, beruhigte sich wieder. Oboe aber lag nun frierend und traurig an Violas Rücken gelehnt und konnte nicht schlafen, da ihn der Kummer über den Weggang des Alten so sehr bedrückte. Er nahm seinen Trollschwanz, an dem ja bekanntlich am Ende drei Haare wachsen, in die Hand und strich sich nun damit über die Augen. Dies hatte er schon so in seiner Trollönchenzeit gemacht und hatte immer damit in den Schlaf gefunden. Doch nun half auch dies nicht. Er lag da in all seinem Kummer, überlegte aber gleichzeitig, wer wohl nun die Nachfolge des Alten antreten sollte.

Er dachte dabei auch an sich, wenn er es genau betrachtete, viel ihm eigentlich sonst Niemand ein, der so geeignet wäre als er. Der Kummer verflog, die Überlegungen nahmen zu. Er, Oboe, der neue Alte, ein berauschender Gedanke. Er würde neue Regeln aufstellen, brauchte nie mehr den Anweisungen eines anderen Alten Folge leisten, er würde geachtet und verehrt. Er wäre ein gemachter Troll für alle Zeit! Bei diesen Gedanken, die ihn so sehr begeisterten, setzte er sich etwas heftig auf.

Viola fühlte sich abermals gestört und richtete sich ebenfalls auf. „Was ist denn nun schon wieder los?" maulte sie ihn an. Lächelnd sah Oboe seine Frau an: „Denk nur, ich würde der neue Alte, he, was würdest du dazu sagen?" Stolz schlug er sich vor die Brust, seine Augen leuchteten. Viola war fassungslos und flüsterte leise, damit die anderen von dem albernen Zeug, das ihr Mann da redete, nichts hören. Erst mal müsste der Alte über den Nebel gegangen sein. „Ist er, ist er," rief Oboe lauter als es klug war. So wurden alle Trolle wach und murrten gemeinsam und jaulten, wie gern sie noch geschlafen hätten. Viola schwieg, drückte ihr Kind an sich und schaute mit großen, traurigen Augen auf Oboe. Er sah verschämt in die Runde, wusste er doch zu genau, dass er sich unmöglich benommen hatte.

Nachdem Viola mit dem Kind nach draußen gekrochen war, begann er stockend, leise zu erzählen. Er sprach vom Gang des Alten über den Nebel und das, was er ihm aufgetragen hatte. Er verschwieg auch nicht, dass der Alte mahnend an die Klugheit der Frauen erinnert hatte, als er von seiner Nachfolge gesprochen hatte. Die Trolle waren alle sehr erschrocken und traurig, manche weinten. Nach und nach gingen alle nach oben um die Nebel zu sehen. Die schwebten jetzt wie zarte Gazetücher über dem Wasser, lösten sich langsam auf, drehten noch einmal einen Schwebwirbel in der Luft und verschwanden gänzlich. Die Gesellschaft nahm Abschied, jeder auf seine Weise. Lange wurde nicht gesprochen, ein ums andere Mal seufzte einer. Die Alte lehnte an einer Birke, schaute ins Tal und rief dann laut dem Alten, der über die Nebel gegangen war, nach: „Dank dir für Deine Treue, für Deine Liebe, Deinen mutigen Verstand, Deine Klugheit. Segne uns noch einmal, bitte für uns um das, was wir mit dir verloren haben. Gute Reise." Alle Trolle fassten sich bei der Hand und riefen: „Gute Reise." Die Sonne kam heraus, doch blieb es kalt. Ohne viel zu reden, krochen alle wieder zurück in ihre Höhle und kuschelten sich aneinander.

Auch Viola, das Kind und Oboe legten sich auf ihren alten Platz. Viola zischte ihm zu: „Du bist ein Norweger und bleibst ein Norweger." Was immer das auch bedeuten sollte, er nahm es hin. Wenigstens gab sie ihm ein Stück von der Decke und forderte ihn auf, sich nah an sie zu schmiegen. So wurden ihre Körper und auch ihre Herzen wieder warm.

Der Frühling kommt

Nach wenigen Tagen Ruhe begannen die Trolle unruhig zu werden. Sie rekelten sich und fingen an zu schwätzen, so, dass auch der letzte Langschläfer sich den Schlaf aus den Augen rieb und sich im Kreis herum umschaute nach seinen Genossen. „Wie geht es dir?" fragten sie sich gegenseitig, man nickte sich zu, lächelte, rieb sich die Hände warm und ließ sich eine kleine Massage gefallen. Als alle so richtig tagtauglich waren, drängten einer nach dem anderen nach oben. Sie stellten sich auf dicke Baumwurzeln oder Steine und schauten sich um im Tal der Nempfe. Überall spross frisches Gras und hier und da Löwenzahn. Nach der langen Fastenzeit würde es nur klug sein, sich rein vegetarisch zu ernähren, auch wenn man nach Fleisch lechzte. Die Alte riet zu Vernunft und etwas Enthaltsamkeit, man hörte ihr zu, befolgte auch ihren Rat. Nach reichlich Genuss von bunten Salaten ging die Gesellschaft zum oberen Lauf der Nempfe, wo das Wasser frisch und unverdorben fröhlich zu Tal springt und begann zu trinken. Dann zogen sie ihre Kleider aus und wuschen sich, manche zitterten vor dem kalten Wasser, anderen machte es nichts aus. Es begann eine lustige Wasserbalgerei, die weniger Scheuen bespritzten die vor Kälte zitternden ausgelassen mit dem frischen Nass. Flüchtende fielen in den Bach, Mutige sprangen übermütig darin herum. Gegen Mittag kam die Sonne heraus und die Trolle zogen sich wieder an. Dabei stellten sie fest, wie viel Kleidung nicht mehr taugte und ersetzt werden musste. Oboes Wams hatte arg gelitten, der war nicht mehr zu flicken, da würde Viola wohl ein neues nähen müssen. Doch die sagte schnell, dass sie genug zu tun habe mit Trollönchen, ihr Gefährte möge ruhig mal für sich selbst sorgen. „Oder wie geht das in Norwegen, dienen da die Frauen bei allen Mängeln ihren Gatten?" fragte sie mit hoher Stimme und spitzem Mund. Gleichzeitig drehte sie sich herum und ließ Oboe, der sich erschrocken am Kopf kratzte. stehen. Die Alte nahm Viola zur Seite und sprach leise auf sie ein: „ Hör mal, du hast ja recht, wenn du Oboe sagst, er könne sich selbst helfen, aber doch nicht so garstig im Ton. Bedenke, du vergiftest den Brunnen der Freundschaft mit deinem Gerede über seine Herkunft. Solltest du die neue Alte werden wollen, musst du klüger werden."

Viola wurde kleinlaut, nachdenklich nahm sie Trollönchen an die Hand und stapfte dem Wald zu, um Vogelfedern, frische Binsengräser und junge Baumrinde zu suchen, damit sie Kleidung für das Kind herstellen konnte. Die anderen taten es ihr gleich, auch Oboe folgte in einigem Abstand langsam, mit hängendem Kopf und Schultern.

Das Einsammeln ging recht zügig voran, das Zubereiten dafür war um so aufwendiger. Zuerst wurden die Rindenstücke befeuchtet, mit den Füßen bearbeitet und die Fasern, die lösten herausgezupft. Die Gräser mussten gesäubert und weichgekaut werden, die Federn waren gebrauchsfertig. Nun wurde alles miteinander verwoben, körpergerechte Stücke sollten es schon sein, dann Bänder geflochten, mit denen alles zusammengehalten wurde. Nun konnte man die Trolle

Sich gegenseitig bewundern sehen. Hei, wie war doch alles gut gelungen! Sie drehten sich, legten die Köpfe in den Nacken, blinzelten in die untergehende Sonne und fühlten sich alle wie neu geboren. Viola hatte ihrem Kind auch noch kleine Kiesel an das

Wämschen geknüpft, die beim Gehen aneinander schlugen und wie Glöckchen klangen. Das Trollönchen war außer sich vor Freude. In den Bäumen sangen die Vögel befreit von allen Winterentbehrungen fröhlich ihre Lieder und unten im Gras tanzte ebenso fröhlich das kleine Mädchen. Die Freude breitete sich in allen Herzen aus, die älteren Trolle standen lachend herum und sahen den jungen bei ihren Tanzereien zu. Der eine oder andere klatschte den Takt mit den Händen oder sang gar ein neckisches Lied. Der Frühling war da und machte die Gemüter leicht und übermütig.

Als der Abend kühl und feucht herein brach, war man sich bewusst, nicht vorgesorgt zu haben. Es gab keine neue Schlafstätte, die alte war ja eigentlich unbrauchbar geworden. Nun merkte man schmerzlich, wie der Verlust des Alten sie getroffen hatte. „Keiner von uns hat an den Abend gedacht, wir haben nur für den Moment gesorgt," sagten alle zu gleich. Niedergeschlagen machten sie sich auf den Weg zur alten Höhle, notgedrungen mussten sie dort die Nacht verbringen. Allen wurde klar, sie würden zukünftiger denken müssen. Sie brauchten einen neuen Alten, das war klar, aber das war noch ein langer Entscheidungsweg. Oder sollte es diesmal eine Alte werden?

Die Nacht nahm ihnen die Entscheidung nicht ab, aber sie zwang die Gesellschaft dicht aneinandergekuschelt zu schlafen, damit allen schön warm wurde.

Überlegungen

Eine unruhige Nacht lag hinter der Trollgesellschaft. Etwas unausgeschlafen und mürrisch standen sie herum, wünschten sich nur unfreundlich einen guten Morgen, nörgelten an allem und jedem. Kein Wunder, hatten sie doch im alten Winterbett schlafen müssen, das war nicht mehr warm oder gar kuschelig, da ja alle Federn, Moose und Mulche platt gelegen waren. Man kann ja so ein Trolllager nicht einfach aufschütteln wie ein Federbett der Menschen. Da muss schon mit Fleiß und Können eine neue Lagerstatt gerichtet werden. Aber gerade dies hatten die Trolle am Vortag vergessen vor lauter Freude über den beginnenden Frühling. Der Alte fehlte ihnen, das merkten sie immer deutlicher, dass eine neue ordnende Hand her musste, war allen klar. Nachdem sie unlustig einige zarte Gräser und Löwenzahnblättchen gekaut hatten, liefen sie ziel- und planlos im Wald herum, bis die Alte sagte: „Nun ist aber Schluss mit der Misepeterei, wir setzen uns nun zusammen und schnacken uns eine Lösung des Problems herbei." So saßen bald alle auf Wurzeln und Baumstunken, maulten oder stocherten mit ihren Füßen oder Stöckchen im Erdreich herum. Die Alte wurde, nachdem niemand etwas sagte, sehr ärgerlich, klatschte ihre Hände auf die knochigen Knie, schaute alle der Reihe nach böse an und rief: „Nuuunn?" „Mach du's doch," sagte einer. „Wie, ich, darauf habe ich gewartet, ha, so einfach ist das nicht, ihr Lieben." Sie stand auf, hob drohend ihren Stock, ging drei Schritte vor, drei zurück, drehte sich auf einem Bein einmal im Kreis, blieb vor Oboe stehen und rief drohend: „Und du, was ist mit dir?" Der angesprochene wich mit seinem Oberkörper so erschrocken zurück, dass er fast rücklings vom Stamm gefallen wäre. Er richtete sich auf, wusste nicht ob er stolz oder betroffen sein sollte, entschied sich für eine halb demütige, halb stolze Haltung und hob ein klein wenig abwehrend die Hände und sagte nicht zu laut: „Ich, nein ich lieber nicht." Nun hob ein lautes Durcheinandergerede an. Der eine wollte so, der andere so. Einer sagte dann das, was jeder sagen wollte und sich keiner traute: „ Er ist ein Norweger." Die Alte hatte sich unterdessen etwas abseits gesetzt, schaukelte Trollönchen auf ihrem Schoß und tat so, als höre sie nicht zu. Nun aber sprang sie auf, presste das Klein an sich und rief: „So fangt nur an, Troll ist Troll, egal, wo er geboren wurde, egal, wie und was ihn aus seiner Heimat trieb. Wir sind allzumal Trolle und einander verpflichtet in Anstand oder Liebe." Beim letzten Wort schaute sie Viola an, ging mit langsamen Schritten auf sie zu, gab ihr das Kind und sagte leise und eindringlich: „Du hast das Korn des Hasses gesät, grabe es aus, bevor es zu spät ist. Merk dir, Eifersucht und Unverstand sind schlechte Ratgeber."

Es war still geworden im Trollgrund. Selbst die Vögel waren verstummt, hatten sie doch zuvor noch so wunderschön gesungen. Die Alte sah über das Tal, in dessen Nebel vor einigen wenigen Tagen der Alte seinen ewigen Frieden gesucht hatte. Sie spürte, dass auch sie bald gehen würde. Langsam drehte sie sich herum, sah die Trollgesellschaft lange an und sagte dann: „Nun gut, ich werde mich in den Dienst der Dinge stellen, bis wir eine bessere Lösung gefunden haben. Spätestens nach dem Nebelfest sollte meine Zeit ausgestanden sein." Alle klatschten in die Hände, lachten und riefen durcheinander, wie froh sie seien, dass die Alte sich bereit gefunden hätte. Diese berief sich eine Helferein zur Entlastung der schweren Aufgabe. Sie nahm sich eine junge Trollin, die bisher kaum aufgefallen war, mit Namen Klarinett.

Die Alte strebte einem Fichtenwald zu, die Trollgesellschaft folgte ihr mit Gejohle und allerlei Foppereien, die sie aneinander ausließen. Am Ziel angekommen wurden sie jedoch alle still und folgten den Anweisungen der Alten. Diese hatte mit Bedacht diesen Ort für die neue Schlafstatt ausgewählt. Sie spürte, dass es bald wieder regnen, vielleicht sogar schneien würde. Der Boden mit der dicken Nadelschicht würde die Feuchtigkeit besser fern halten und sie anhaltender schützen.

So hatten am Abend alle wieder ein warmes, weiches Bett, in dem es so richtig schön kuschelig wurde.

Klarinett

Klarinett war ein unauffälliges,, leicht zu übersehendes Mädchen. So hatte bisher die Trollgesellschaft kaum Notiz von ihr genommen. Nur die Alte wusste um ihre guten Veranlagungen, sie hatte sie schon lange beobachtet. So schätzte sie ihre Zuverlässigkeit und die Gabe, immer schnell zu erkennen, was die jeweilige Situation an Entscheidungen verlangte, die allen Trollen gerecht wurden. Dabei vergaß die noch recht junge Trollin nicht, dass man auch seine Freude haben musste und trieb manchen Schabernack. Am liebsten aber tanzte und feierte sie. Was Wunder also, dass sie schon seit Tagen nur an das Nebelfest dachte. Als sie sich nun am neuen Morgen mit den anderen auf den Weg machte um erst einmal den kleinen Bauch mit frischen Gräsern, Kräutern und ersten Gänseblümchen zu füllen, suchte sie die Nähe der Alten. Diese bemerkte das wohl und fragte darum nach einer Weile: „Nun, was hast du auf dem Herzen, was geht dir im Kopf herum?" Klarinett fühlte sich ertappt, zuckte erst zusammen, lächelte dann und stotterte: „Ach, ja, ich, nun ja, ich denke an das Nebelfest." Die Alte nickte ihr zu und meinte dann, dass die Planung dafür noch Zeit habe, es gäbe noch nicht genug blühende Blumen um Nektar zu sammeln für die Herstellung von Met. Außerdem müsse man die noch wenigen Blumen den Bienen lassen, sonst würden diese Hunger leiden. Auch sonst habe die Natur erst zögerlich ihre Gaben ausgebreitet und da die Sonne sich auch noch nicht sehr oft zeige, gäbe es noch wenige Wanderer. Diese würden nicht rasten, um ihre guten Dinge zu verspeisen. Damit seien sie um die Möglichkeit gebracht, etwas zu stibitzen. Die Alte kicherte bei den letzten Worten, Klarinett dachte sich, sie hat wohl recht, erledigen wir erst einmal andere wichtige Dinge. Oboe hatte zugehört, er hätte gern mitgeredet, doch traute er sich nicht, fand auch nicht die rechten Worte. Der Groll saß noch all zu tief in seinem Herzen. Er setzte sich auf einen Baumstunken, breitete weich geklopfte Baumrinde auf den Knien aus und begann einen Lageplan aus dem Gedächtnis zu zeichnen. Er trug sich mit dem Gedanken, die Gesellschaft zu verlassen, wollte eine

Weile allein sein. Klarinett hatte ihn beobachtet, spürte seine Unzufriedenheit, sein unglücklich sein. Sie schlich sich von hinten an ihn heran und sah ihm über die Schulter. „Du zeichnest einen Lageplan," sprach sie ihn an, „das finde ich gut." Oboe erschrak, sprang ärgerlich auf, steckte die Karte schnell in seinen Gürtel. „Lass mich in Ruhe, ich bin ein Norweger und geh meine eigenen Wege," rief er aufgebracht. Klarinett legte ihre Hand beruhigend auf seinen Arm, sagte ihm, dass sie ihm nicht böse wolle und seine Sichtweise der Dinge, die von seiner Heimat geprägt seien, sehr schätze. „Du weißt so viel, hast unser Leben so bereichert, wir können und wollen dich nicht missen," sagte sie mit eindringlicher Stimme. Oboe schüttelte den Kopf, wandte sich ab und flüsterte: „Ich gehe." Mit einigem Abstand hatte Viola den Beiden zugesehen, nichts verstanden und deutete die Situation falsch. So sprang sie wutschnaubend herbei und rief erregt: „Was treibt ihr denn da?" Zu Klarinett hin zischte sie: „Er gehört mir." „Dann kümmere dich um ihn, er will fort gehen," sagte die angesprochene leise, aber bestimmt. Viola schaute erschrocken zu ihrem Gefährten, ging auf ihn zu, streichelte sein Gesicht, küsste ihn und flüsterte: „Mach keine dummen Sachen, das Kind und ich wir brauchen dich, ich habe dich doch lieb." Oboe nickte seinem Weibchen zu, legte seine Hand in ihre und ging mit ihr zu den anderen.

Es war später Nachmittag geworden, die Sonne brach durch die Wolken und schickte späte Strahlen. Die Trollkinder wollten sie fangen und sprangen lachend und jauchzend hin und her. Die älteren Trolle suchten Engerlinge, gruben sie aus und verspeisten sie genüsslich. Ja, das Trollleben war oft nicht einfach, aber ab und an auch wunderschön.

Sturmgebraus

Es fegten die ersten Frühjahrsstürme über das Land. Die Stämme der Fichten bogen sich gefährlich der Erde zu, sie litten große Ängste, fürchteten, dass ihre Stämme zerbersten könnten, ihre Wurzeln aus dem Boden gerissen würden. Die alten Buchen und Eichen standen scheinbar fest und stark, gründeten ihre Wurzeln doch sehr tief und weit verzweigt im Boden, waren ihre Stämme weniger biegsam als die der Nadelbäume. Doch sie verloren oft einen Teil ihrer Äste, das war für den jeweiligen Baum auch sehr schmerzlich. Die Vögel suchten Schutz in tieferen Astmulden, vertrauten auf ihren angeborenen Mechanismus der Krallenlähmung, der sie auch in den unsichersten Lagen fest hielt. Der Wald bebte, ächzte und stöhnte, dass es schaurig anzuhören war und sorgte dafür, dass sich nicht einmal der Förster blicken ließ.

Aber die Trolle, hei, die hatten ihre Freude. Sie freuten sich über die Böen und Sturmfahrten des Windes, sie ließen sich hoch heben, davon tragen, über den Boden rollen. Sie hängten sich mit ihren Schwänzen an die ausladenden Äste und schaukelten ähnlich den Affen im Urwald heftigst hin und her. Leider wissen Trolle nichts von Affen, sonst wären sie sicher neidisch gewesen auf diese, da Affen bekanntlich aus eigener Kraft zu diesem Vergnügen kamen, die Trolle jedoch erst auf einen Sturm warten mussten. Ihre dreifingrigen Krallenhände eignen sich nun einmal nicht zu Turnübungen. Aber sie wussten nichts von anderen Lebewesen, wenn sie diese noch nie gesehen hatten, also genossen sie ihr Vergnügen ungehemmt durch Gedanken an andere, die es vielleicht besser konnten als sie. So hingen sie an den Ästen und drehten Salti und Rad. Sie bliesen ihre Backen auf, prusteten mit dem Wind um die Wette, dieser nahm sie auf seine Schwingen und trug sie ein Stückchen fort. Mit einer Drehung ließen sie sich ins Gras fallen, schlugen dort Purzelbäume und sonstige Kapriolen. Manche plumpsten auch einfach ungelenkt herunter und schlugen unsanft auf. Da hatte denn schon einmal der eine oder andere kleinere Blessuren. Doch die Freude am Sturmvergnügen ließ die kleinen Schmerzlichkeiten schnell vergessen. Die

Alte stand an einen Baum gelehnt, lächelte und überließ ihr dürres, langes Haar dem Wind. Auch das war eine Art von Vergnügen. Doch sie machte sich auch Sorgen, sie spürte ein heran nahendes Gewitter, die endgültige Windstärke war auch noch nicht erreicht. Doch die momentane Freude der Trolle war so groß, sie hatten allen Kummer der letzten Zeit vergessen, dass man sie ihnen gönnen musste.

Doch jeder Spaß wird irgendwann langweilig, das ist bei Menschen und Trollen gleich. So lagen nach geraumer Weile lauter glücklich-erschöpfte Trolle im Gras und sahen sich fröhlich in die Augen, fassten sich an die Hände und seufzten selig: „Ach war das schön."

Als sie so da lagen, hörten sie plötzlich ein fernes Grollen, erste Regentropfen fielen in ihre lachenden Gesichter, der Wind schwieg, um bald darauf um so wüster auf's Neue los zu legen. Nun suchten die Trolle Schutz. Nach einer kurzen Beratung entschlossen sie sich, die Schlafhöhle aufzusuchen. Sie rissen noch einige Blättchen und Gräser aus, damit sie Nahrung während der Wartezeit hätten. Viola vergaß nicht, einige Löwenzahnpflanzen zu melken, so hatte sie Milch für das Trollönchen. Nun ging es flugs in den Schutz- und Schlafbau.

Dort saßen sie lachend beieinander, gaben mit ihren Kunststücken an und foppten sich noch eine Weile.

Die Alte nahm Klarinett zur Seite und besprach mit ihr den Ablauf der nächsten Tage, bis es zum Aufbruch zum Nebelfest kommen würde.

Marienbecher

Die Trolle saßen in ihrer Höhle und schwärmten sich gegenseitig noch von ihren Sturmerlebnissen vor, als von oberhalb der Höhle lauter Donnerhall ertönte. Die Gesellschaft verstummte augenblicklich, alle lauschten, ob sich da wohl noch mehr zusammenbrauen würde. Ängstlich schmiegten sie sich aneinander, duckten sich tiefer in den schützenden Boden und unter die dicken Wurzeln, hielten den Atem an, sahen fragend in die Gesichter der Brüder und Schwestern. Wieder und wieder krachte es unheimlich vom oben tobenden Sturm und Gewitter bis in die Höhle hinein. Selbst der Stamm über ihnen bebte bis in seine Wurzeln und ließ die Trollfamilie angsterfüllt zusammen fahren. Alles Scherzen war ihnen vergangen, keiner verlangte etwas zu essen, keiner schlief. Als die Trollönchen gar anfingen zu weinen, kroch Klarinett in die Mitte und begann zu erzählen.

„Ich habe einmal von den Menschen eine schöne Legende gehört, die ging so: Maria, die Mutter des

Christuskindes, musste vor dem König Herodes flüchten, da er ihrem Kind nach dem Leben trachtete. Auf Befehl von Gott, der Josef im Traum erschienen war, band der einen Esel los, der am Zaun angebunden war und setzte Maria und das Kind darauf. So begaben sie sich auf die Reise nach Ägypten. Sie waren auf einem langen, beschwerlichen Weg. Unterwegs mussten sie sich von dem ernähren, was am Wegesrand wuchs oder ihnen so zu fiel. An einem Morgen, nach langer Nachtwanderung, litt Maria unsäglich an Durst. Die junge Mutter stieg vom Esel herab und sah Tautropfen in weißen Sternblumen, die am Ackerrand wuchsen. Doch immer, wenn sie sich zu den Blüten beugte, rollten die Tautropfen auf den Boden. Maria hob bittend die Hände und klagte: „ Mich dürstet, doch die Tropfen rollen davon, mein Gott." Da regte sich ein leichter Windhauch, die Blüten schlossen sich zu einem Kelch, in dessen Mitte sich die Tropfen sammelten. Maria trank nun ungehindert und erfrischte sich köstlich. Seit dieser Zeit ist die Ackerwinde geschlossen und hat ihren heiligen Namen: Marienbecher."

Alle Trolle saßen still und träumend in der Runde. Keiner wollte etwas sagen, sie wussten auch nicht so recht, was. Viola brach nach einer geraumen Weile das Schweigen und seufzte: „ Wie schön diese Geschichte ist. Und wie schön zu wissen, dass sich der Kelch aus so gutem Anlass schloss. Immer, wenn ich jetzt daraus schlecke, werde ich daran denken, was damals geschah."

Alle nickten und lächelten versonnen, bis Flöte bemerkte, dass es oberhalb der Höhle still war. Erleichtert begannen die Trolle wieder zu scherzen, bis nach und nach sie sich hinlegten und zu schlafen begannen. Es begann ein lautes Schnarchkonzert, dass sogar drei Waldarbeiter hörten, die am anderen Morgen nach den Sturmschäden sahen. Die stießen sich gegenseitig in die Seite und sagten: „He, du schnarchst mit offenen Augen." Sie lachten alle drei und nickten sich zu: „ Das sind die Trolle, ja."

Gedicht

Marienbecher – Ackerwinde

Flüsterst du noch heute dem Kinde

deine bittere Sage,

als Maria sich so plagte,

du zum Kelche dich geschlossen,

sie daraus den Tau genossen.

Ich bin froh, dass ich dich finde.

Liebe, holde Ackerwinde.

Die Trolle wandern wieder

Linde Frühlingslüfte durchzogen Wald und Wiesentäler. Die Vögel sangen, dass es eine Freude war, ihnen zuzuhören. Schmetterlinge, Bienen und viele Arten von Käfern zeigten sich in großer Frühlingslust, seidenhaarige Raupen krabbelten eilig über den sich langsam erwärmenden Waldboden. Die Trolle hielten die Zeit für gekommen, wieder mit ihren Wanderungen zu beginnen, denn Trolle nutzen die warmen Jahreszeiten ihren Beliebigkeiten von Schabernacken und lustig sein nach zu kommen. In dieser Zeit schlafen sie ja bekanntlich wenig und immer nur dann, wenn schlechtes Wetter herrscht oder große Übermüdung sie ergreift. So begannen sie nun wieder herum zu ziehen und erste Früchte zu sammeln. Als die ersten Wanderer auf Bänken und herum liegenden Baumstämmen rasteten, konnten sie auch wieder leicht an Menschennahrung gelangen. Sie holten sich gut belegte Brote, Obst, Süßigkeiten. Damit ließ es sich herrlich und lange gut leben. Einmal allerdings hatte Flöte Kaugummi erwischt. Als ihm das nun so zwischen seinen Fangzähnen herum klebte und sich zu langen Fäden wand, wurde er sehr unruhig und dann zornig. Er begann herum zu schreien, verschlimmerte aber dadurch nur seine Lage, bis er nur noch unverständliche Laute hervorgurgelte. Oboe eilte ihm zur Hilfe, versuchte die feuchte Klebemasse von den Zähnen zu entfernen. Dabei aber klebte es nun an seinen Fingern und als er diese am Hosenboden abstreifen wollte, hatte er auch dort die Klebemasse. Zumindest aber bekam Flöte nun seinen Mund wieder auf und zu, sprach wieder richtig, konnte auch richtig essen. Nur Oboe hatte noch eine Weile seine Last mit dem verhassten Menschenwerk.

Einige Trolle waren schon weiter gezogen, hatten Tierfleisch vom überfahrenen Wild gefunden und begannen damit, es haltbar zu machen. Einige sammelten Honig, ohne den Bienen zu sehr zu schaden, andere nahmen Blütenstäube in Blätter gewickelt mit. Ja, das Nebelfest stand bevor, alle erinnerten sich, was zu tun sei, jeder übernahm eine Aufgabe ohne zu schauen, ob der andere auch genügend zur Arbeit beisteuerte. Alle fühlten die Vorfreude in sich, keiner war müde oder gar faul. So hatten alle nur ein Ziel, das Nebelfest sollte so schön wie immer werden, auch wenn der Alte nicht mehr hier war, sondern hinter den großen Nebeln, nichts sollte fehlen, wenn die Verwandten aus dem Süden des Burgwaldes mit ihnen das Fest feiern würden. So gab es auch keine Zweifel über die Richtung, in die man gehen musste, alle wanderten in Richtung Franzosenwiesen. So verfehlten sie sich auch auf gar keinen Fall.

Da Oboe im letzten Jahr so hervorragend gutes Feuer gemacht hatte und auch so lecker gekocht, gab es keinen Zweifel, dass er es wieder tun sollte. Viola war ihm damals eine tüchtige Helferin gewesen und so bat er sie, ihm wieder zur Seite zu stehen. Da ihr Verhältnis zueinander noch immer etwas kritisch war, zögerte sie erst, besann sich dann aber und nickte ihm zu. Da nahm er sie in seine Arme, streichelte sie mit seinen Schwanzhaaren über die Augen und küsste sie. So war ihr Groll begraben.

Viola übergab ihr Kind der Alten in Obhut, damit sie die Hände frei hatte zur anstehenden Arbeit. Dann fassten sich die zu neuer Liebe erwachten an die Hand und gingen eiligen Schrittes voran, um den

Festplatz schon gerichtet zu haben, wenn die anderen nach kamen.

Unterwegs sammelten sie trockenes Holz von Birke, Fichte, Lerche. In den Franzosenwiesen angekommen, schichteten sie ihr Holz der Sorte nach und bauten die Feuerstellen. Zwischendurch vergaßen sie aber nicht, immer wieder Zärtlichkeiten auszutauschen. Sie genossen ihr wiedergewonnenes Glück. Als sie einmal wieder so mit Streicheln und Küssen beschäftigt waren, klang es aus dem Wald: „Ho, ho,ha,ha, was ist denn das?" Die Liebenden schauten dorthin, woher es schallte und entdeckten die ersten Verwandten aus dem Süden. Sie liefen ihnen entgegen und es gab eine überaus herzliche Begrüßung. Danach setzte man sich im Kreis zurecht und tauschte Leckereien aus. Bald beredeten sie die neue Situation, die eingetreten war, nachdem der Alte nicht mehr da war. Einer meinte, Oboe sei doch ein guter Nachfolger. Viola erschrak bei diesen Worten, Oboe nahm ihre Hand und sagte: „ Ich dachte das auch, aber ich weiß, ich bin ein Norweger und außerdem ist es nicht gut, sich zu benennen." Alle nickten verständnisvoll, einer sagte: „ Das muss man alles besprechen und das Beste tun." Wieder nickten alle. Nach einer Weile des Schweigens meinte dann ein anderer: „ Oboe, aber kochen auf Norwegerart tust du doch?" Der Angesprochene nickte: „ Sicher." Viola lächelte und war ganz stolz auf ihren Mann. Wieder verfielen die Trolle in tiefes Schweigen, auch dies ist eine Art des Schlafes.

Später kamen so nach und nach alle Trolle aus Nord und Süd an und begrüßten sich überschwänglich. Die letzten Vorbereitungen gingen vonstatten und als die Abendnebel stiegen kochte und brodelte es schon in Oboes Töpfen. Auch Met durfte getrunken werden, da alle reichlich Honig gesammelt hatten. Als der Tanz begann, schwebten die Elfen über die Nebel und sangen zu ihren Nebelharfenklängen süße, zärtliche Lieder. Hatten die Trolle noch eben gegrölt und lauthals gelacht, wurden sie nun leise und wiegten sich traumverloren im Takt der Elfenmusik. Als jedoch der aller erste Sonnenstrahl die Erde küsste, waren die Elfen verschwunden und mit ihnen ihre wunderschöne Musik. Die Trolle konnten ihnen nicht einmal danken. Doch sie würden noch ein paar Tage feiern und sie konnten sich noch auf weitere Begegnungen mit den Elfen freuen.

Die Entscheidung

Oftmals ist es im Leben so, dass man, bevor es zur Feier kommt, erst seine Pflicht tun muss. So auch bei den Trollen.

Die Alte mahnte, man habe die Entscheidung, wer nun die Trollgesellschaft anführen solle, bis zum Nebelfest aufgeschoben. Nun müsse man sich einig werden. Die Südtrolle hielten sich erst einmal aus den Für- und Widergesprächen heraus, saßen zusammengedrängt etwas abseits, folgten aber aufmerksam den Reden. Diese gingen mit mehr oder weniger Lautstärke hin und her, jeder hatte etwas zu sagen, war aus diesem oder jenem Grund gegen den einen und für den anderen. Wenn er selbst vorgeschlagen wurde, wehrte er ab, fühlte sich aber geehrt und schaute stolz in die Runde. Auch Oboe wurde vorgeschlagen, doch bevor er Selbst etwas sagen konnte, rief schon einer: „ Er ist ein Norweger, er kann uns nicht führen und beschützen. Wir sind Burgwälder, mit Burgwälder Regeln, sie sind nicht seine." Dieser Troll, der da geredet hatte, sprach noch nie so viel hintereinander. Das erstaunte nun alle. Nach einer kleinen Pause legte ein Sturm der Rede und Gegenreden los. Als die Beiträge heftiger, ja, beleidigender Art wurden, rief die Alte mit lauter Stimme: „ Halt, halt, ihr habt böse Gedanken im Herzen, ihr beleidigt meine Ohren." Von der Seite kam ein Südtroll langsam in den Kreis der Nordler und sagte: „ Wir würden es sehr gut finden, wenn Oboe der Nachfolger des Alten würde, doch er selbst will es nicht. Lasst ihm also noch etwas Zeit. Wir haben in unserer Mitte eine Alte Namens Tuba, ihr kennt sie alle. Die wollen wir euch für eine Weile geben, damit ihr später zu einer weisen Entscheidung kommt. Bis dahin überprüft eure Meinung zu Fremden, da seit ihr schlecht beraten." Oboe hatte sich schon vorher leise davon geschlichen und stand nun an einen Baum gelehnt und das lange vergessene Heimweh legte sich auf seine Seele. Tränen stiegen in seine großen, braunen Augen. Eine warme Hand schob sich in seine, ein Kuss legte sich auf seinen Mund. Viola war an seine Seite getreten, flüsterte ihm zu: „ Verzeihe mir meine unbedachten Worte damals. Ich habe eine schlechte Saat gelegt." Oboe sah sie traurig an: „

Lass nur gut sein, ich grolle nicht mehr. Das Heimweh plagt mich mal wieder. Doch du und das Kind, ihr seit mir Trost." Eine Weile standen sie aneinandergeschmiegt so da und lauschten ihren Herzschlägen, bis man sie rief. Man wollte wissen, ob sie mit der Wahl von Tuba einverstanden seien. Sie sagten wie aus einem Mund: „ Ja." Nun gab es eine fröhliche Gratulation. Zuletzt gratulierte man sich selbst ob der guten Entscheidung.

Die Alte Tuba stand etwas verlegen herum und wusste noch nicht so recht, wo sie anfangen sollte mit ihrem Amt. Sie tröstete sich selbst, in dem sie zu sich sagte: „ Es wird sich schon fügen, alles hat seine Zeit." In dem sie unbewusst die Worte des Alten, die dieser so gern gebraucht hatte, benutzte, kam eine stille Zuversicht in ihr Herz und das Gefühl, dass sie es schon recht machen würde. So trat sie unter einen Baum in die Dunkelheit und bat mit stillen Worten den Großen Geist um Kraft und Segen.

Unterdessen begannen die Trolle mit feiern und sangen mit heiserer Stimme ihre unmelodischen Lieder. Das wiederum rief die Elfen herbei und sie sangen so schön und rein wie selten. Die Trolle waren so gerührt, dass einige vor Seeligkeit weinten.

Doch alle lächelten der neuen Zeit entgegen und wussten, die Menschen mussten sich wieder in Achtnehmen vor ihren Streichen und dem Schabernack, den sie sich immer wieder neu ausdenken würden.